KB251731

얘, 나는 낮에도 깜깜한데?

얘,
나는 낮에도
깜깜한데?

마음의 빛을 보는 시각장애인 심리상담가 김현영 에세이

김현영 지음

저녁달

이 책을 읽으면서 저는 빅터 프랭클의 『죽음의 수용소에서』를 읽을 때 느꼈던 감동을 다시 느꼈습니다. 그리고 한 인간이 걸어온 빛과 어둠이 극명히 드러나는 험난한 길을 곁에서 함께 걷는 기분이 들었습니다. 숨기지 않고 자신의 내면의 모습을 담담하게 들어내는 김현영 박사님의 모습은 이미 빛과 어둠 자체를 뛰어넘은 듯 보입니다.

화려한 조명 아래에서 무대 위를 수놓던 발레리나로서, 그리고 후학을 양성하던 교수로서 당당했던 그녀에게 불혹의 나이에 찾아온 완전 실명은 단순히 앞이 안 보이는 것이 아니라 그동안 살아왔던 빛의 세계가 종말을 고하는 깊은 나락으로 떨어지는 깊은 절망이었을 것입니다. 그 어둠의 끝자락에서 만난 희미한 불빛을 붙잡고 다시 상담의 세계로 첫발을 내디뎠던 그의 힘은 어디에서 왔을까요?

김현영 박사님은 이 일련의 과정을 자랑하지도 않고, 다른 사람들에게 따라오라고 손짓을 하지도 않습니다. 이는 장애가 극복해야 할 대상이 아니라 함께 살아갈 조건에 불과한 것이기 때문일 테지요. 대신 그녀는 자기 안에서 끊임없이 소용돌이치는 두려움과 분노, 좌절과 흔들림의 감정을 숨기지 않고 마주하고 때로는 불편한 세상의 시선 앞에서도 물러서지 않았던 순간을 담담히 소개합니다. 그리고 자신과 타인을 있는 그대로 긍정하는 상담자의 모습을 보여줄 뿐입니다.

저는 김현영 박사님께서 상담의 길로 첫발을 내디딜 때부터 지금까지 그 성장의 과정을 가까이에서 지켜보았습니다. 제가 곁에서 지켜본 그녀는 단순히 지식을 배운 대로 전달하는 상담사가 아니었습니다. 그녀는 지금도 자신의 한계와 매일 마주하면서 끊임없이 세상과 부딪히며 살아내는 모습을 보여줍니다. 장애인상담협회장으로서 도움이 필요한 곳이라면 어디든 마다하지 않고 찾아가 수많은 이들에게 희망의 이정표가 되어줍니다. 하지만 저에게 박사님은 그 어떤 직함보다 존재 자체로 사람들에게 힘을 주시는 귀한 분입니다.

김현영 박사님을 존경합니다. 그리고 그런 분의 곁에서, 깊은 절망에서 높은 희망으로 나아가는 한 인간의 모습을 직접 볼수 있는 것을 큰 기쁨으로 여깁니다. 이 책은 한 인간이 자신의 삶을 어떻게 책임지고 사랑할 수 있는지, 그 고귀한 방식에 대한 고백입니다. 우리 모두는 몸과 마음의 장애의 무게에 눌려 좌절하고 절망합니다. 오늘도 길을 잃은 모든 이들에게, 존재만으로도 위로가 되는 김현영 박사님의 삶의 여정이 따스한 등불이 될 것을 믿으며 이 책을 추천합니다.

한성열(고려대학교 심리학과 명예교수)

김현영 선생님과는 13년 전 '영화치료' 수업에서 선생과 학생의 관계로 처음 만났습니다. 지금도 그녀가 앞이 안 보이는 게 거짓말이 아닐까 의심할 때가 있습니다. 강의실 맨 앞자리에 앉아서 뚫어져라 제 얼굴을 바라보며 영화 속 숨은 의미를 찾아내던 학생. 소리로 영상을 상상해내고, 우리가 보지 못하는 것을 읽어내는 공감의 천재가 바로 김현영 선생님이었습니다. 발레리나가 불혹이 넘어 시력을 완전히 잃고, 심리학 공부를 시작해서 박사가 되었습니다.

"책 써주세요. 제발!"

13년간 졸랐고, 드디어 그녀의 이야기가 세상에 나왔습니다.

교육학 박사로서, 심리상담가로서, 시각장애인 당사자로서 그녀가 건네는 말들은 결코 가볍지 않습니다. 그 문장에는 뭉클한 감동과 유쾌한 반전이 있습니다. 매일의 삶을 당찬 걸음으로 살아가는 그녀의 이야기를 따라가다 보면 삶의 의미를 발견하게 됩니다. 김현영은 어떤 절망을 만나도 희망을 발견해내고야 마는 사람입니다. 그리고 그 힘은 전염되지요. 저만 알던 감동을 독자님들과 나눌 수 있어서 기쁩니다. 자신 있게 이 책을 권합니다.

박상미(심리상담학자)

고려대학교의 심리학 수업에서 김현영 선생님을 처음 만난 지도 10년이 넘었습니다. 늘 단정한 자세에 환한 미소가 선생님의 트레이드마크였습니다. 앞을 못 보는 분이라는 사실을 알게 된 후 많이 놀랐던 기억도 납니다. 김현영 선생님께 장애는 결코 장애가 아니었습니다. 그러나 그것이 처음부터 쉬운 일이었을 리는 없겠지요.

이 책에서 김현영 선생님은 시각장애인이 된 이후의 삶을 담담하게 때로는 유머러스하게 풀어냅니다. 유머는 가장 성숙한 방어기제 중 하나입니다. 이 사실만으로도 그녀가 자신의 삶을 어떻게 받아들이고 있는지 알 수 있습니다.

그러나 이 책의 의미는 한 시각장애인의 도전기에서 그치지 않습니다. 김현영 선생님에게는 남들이 보지 못하는 것을 볼 수 있는 능력이 있습니다. 장애인들의 자립을 위해 싸워온 지난날들과 그녀가 꿈꾸는 앞날은, 두 눈 멀쩡히 뜬 이들의 시야를 아득히 넘습니다.

한민(멸종위기 1급 토종 문화심리학자)

나는 눈에 뵈는 게 없는
무서운 여자다

"안녕하세요? 김현영입니다. 저는 눈에 뵈는 게 없는(?) 무서운 여자입니다."

강의를 시작하기 전에 이렇게 인사를 하면 청중들은 큰소리로 웃는다. 그때까지도 청중들은 내가 시각장애인이라는 것을 눈치채지 못한다.

"저는 중증시각장애인이며 빛을 감지할 수 있는 정도입니다. 현재 '김현영심리상담연구소'를 운영하고 있고, 한국장애인상담협회장을 맡고 있으며 대전과학기술대학교 겸임 교수로 있습니다."

이어지는 내 말에 어수선하고 소란스러웠던 분위기는 순간 찬물을 끼얹은 듯 조용해진다. 잠시 뒤에 정적을 깨고 어떤 사람은 정말이냐며 되묻기도 한다. 그럼 나는 "저도 거짓말이었으면 좋겠어요."라고 대답해준다. 그렇게 내 강의는 시작된다.

"여러분은 시각장애인을 볼 때 어떤 생각이 드시나요?"라고 물으면 청중들은 '불편할 것 같다, 우울할 것 같다, 답답할 것 같다, 무서울 것 같다, 불안할 것 같다, 의심이 많을 것 같다, 가족들의 얼굴이 보고 싶을 것 같다' 등 다양한 대답을 내놓는다.

"여러분들이 말씀하시는 것 모두 맞습니다. 그런데 의심이 많다는 것은… 보이지 않으니 주변의 상황이 어떤지 알 수 없어 궁금한 것은 아닐까요? 보이지 않는다는 건 어쩌면 여러분이 상상하시는 것 이상으로 불편할 수도 있습니다. 그러나 그렇게 꼭 부정적이지만은 않습니다. 제가 시각장애인이 되고 보니 한편으로는 몇 가지 좋은 것들도 있더라고요. 그중에 제일 좋은 것이 있다면 세상 더러운 꼴 안 보니까 참 좋고요.”

이렇게 말하는 순간 무거웠던 청중들의 분위기는 웃음으로 풀어진다. 이런 이야기를 내가 웃으면서 거침없이 말할 수 있기까지는 참으로 오랜 시간이 걸렸고, 그 시간 속에는 수없이 많은 눈물겨운 이야기들이 녹아 있다.

아스토르 피아졸라가 애수에 젖은 '오블리비언Oblivion'을 반도 네온*으로 연주할 때 그 주름 안에서 아름다운 곡조가 흘러나오 듯이 이제부터 나의 이야기들을 펼쳐볼까 한다.

2026년 1월, 대전에서
김 현 영

---

* 아르헨티나에서 유명한 아코디언의 일종으로, 특히 탱고 음악에 많이 쓰인다.

목차

1부
도망칠 수 없는 어둠과 마주하다

2부
함께 살아가는 법을 배우다

3부
상처받은 마음들을 들여다보다

1부

도망칠 수 없는
어둠과 마주하다

아니야,
그럴 리가 없어!

　나는 1990년대 초반에 망막색소변성증을 진단받았지만 한밤중만 아니라면 일상생활에 큰 불편함이 없었다. 하지만 2000년대에 들어서면서 급격히 시력이 안 좋아졌고, 결국 2004년에 시각장애 1급 판정을 받게 되었다. 학교 다닐 때 단 한 번도 1등을 해본 적이 없던 내가 이런 것으로 1급을 받다니 그저 어처구니가 없었다.

　동사무소 사회복지사로부터 장애인복지카드를 받았을 때는 그 카드가 무엇을 의미하는지조차도 알지 못했다. 1급 장애인 복지카드를 발급받고서도 몇 년 동안은 그 존재를 잊고 살았고, 필요하다고 느낀 적도 없었다.

　망막색소변성증. '틴틴파이브'의 이동우가 이 병으로 시력을 잃게 되었고, 요즘은 심심치 않게 드라마 소재로도 다루어지면서 많은 사람들에게 잘 알려져 있다. 그러나 1990년대 초반, 내가 이 질병을 진단받았을 당시만 해도 일반 사람들에게는 매우 생소해서 알고 있는 사람이 거의 없었다.

이 질병은 대부분 유전되기 때문에 어릴 적부터 야맹증 같은 증상으로 나타나지만 밝은 낮에는 일상생활에 지장이 없을 정도여서 스스로가 불편함을 호소하기 전까지는 병을 인지하지 못한다. 그러다가 20~30대가 되면 시력이 점점 떨어지고 야맹증도 더욱 심해진다. 성인으로서 독립적으로 살아야 할 시기가 되어서야 비로소 사태의 심각성을 깨닫는 것이다. 그리고 40대 이후에는 대부분이 실명에 이르게 된다.

병을 진단받던 당시 나는 여러 의사로부터 현대 의학으로는 치료가 불가능한 병이라는 말을 들었다. 간혹 의학과 과학이 빠른 속도로 발전하고 있으니 언젠가는 치료법이 나올지도 모른다며 막연한 희망을 이야기해주는 의사도 있었다. 나는 지푸라기라도 잡는 심정으로 국내에서 내로라하는 안과를 찾아다녔다. 어느 병원에서는 병원에 있는 모든 검사 장비를 동원해 두시간이 넘도록 검사를 진행하더니, 의사가 모기만 한 목소리로 이렇게 말했다.

"앞으로는 앞을 보지 못하시게 될 것 같습니다. 미리 대비하시는 게 좋겠습니다."

나는 의사의 말에 '흥! 대체 이 사람이 뭐라고 하는 거야? 뭘 대비하라는 거지? 유명하다고 해서 왔더니 돌팔이 아니야? 어디서 이런 후진 기계를 갖다 놓은 거야?'라고 생각하며 인사도 하는 둥 마는 둥 허탈한 심정으로 병원을 나와버렸다.

그 이후로도 여러 병원을 옮겨 다니며 진료 받기를 반복했다. 그러나 어느 병원을 가든 의사들은 서로 입을 맞춘 것처럼 같은 말을 했다.

"이미 알고 계셨겠지만, 이 병은 유전 질환이고 마흔 이후에는 대부분 실명하게 됩니다."

그 말을 듣고 나는 의사에게 물었다.

"유전이라면 최소한 친가나 외가에 5대에 걸쳐서 저와 같은 사람이 있어야 할 텐데, 우리 집안에는 아무도 그런 사람이 없어요. 그래도 유전인가요?"

"돌연변이입니다."

의사는 너무도 대수롭지 않다는 듯 짧게 대답했다. 더 이상 할 말이 없었다.

의사들의 말대로 나의 시력은 날이 갈수록 나빠졌다. 불편함은 점점 커졌고, 그로 인해 행동이 어색해져서 남들이 나를 이상하게 보지는 않을지 걱정하게 되었다. 늘 긴장한 채로 생활했고, 낯선 곳에 가는 일이 두려워졌다. 혹시라도 다치거나 실수할까 봐 자주 위축되곤 했다.

나는 초등학생 때부터 발레를 했고, 당시 대학에서 강의하며 교수 임용을 준비하고 있었다. 시력은 계속해서 나빠지고 있었지만 공연 활동도 하며 종횡무진 열심히 살았다. 지방에서 강의가 있는 날이면 강남고속버스터미널을 이용해 새벽같이 이동해서 종일 강의를 마치고 다시 서울로 돌아오곤 했다.

평소처럼 지방에서 수업을 마치고 서울로 올라가려 하는데 예기치 않게 저녁 약속이 잡혔다. 이미 예매해둔 차표를 반환하고 다시 예약하려면 고속버스터미널로 가야 했다. 궂은 날씨에 날도 어두워지고 있어 걱정이 앞섰다. 매표소 창구에 가서 표를 반환하고 다시 끊고 싶다고 하자, 직원은 버스 주차장을 지나면 사무실이 있으니 그쪽으로 가보라고 했다.

이미 날은 어두워졌고, 종일 내린 비로 여기저기 물웅덩이가 생겨 있었다. 나는 바짝 긴장한 채 한 발 한 발 조심스럽게 내디뎠고, 그때마다 온몸에 소름이 돋는 것을 느꼈다. 다행히 빗물에 비친 불빛이 나에게는 일종의 지시등처럼 느껴졌다. 사방을 둘러봐도 도와줄 사람은 없었고, 어떻게 해야 할지 몰라 잠시 망설이고 있는데 한 아주머니가 다짜고짜 내 팔을 잡아당겼다. 나는 놀라서 "어머, 왜 그러세요?"라고 묻자, 그 아주머니는 오히려 왜 이런 곳에 서 있느냐며 큰소리로 나무랐다. 그곳은 버스를 수리하는 벙커였다. 내가 불빛에 반사된 물이라고 생각했던 것은 물이 아니라 폐유였다. 아찔했다. 반 발자국만 더 내디뎠어도 상상하고 싶지 않은 일이 벌어질 뻔했다.

이후에도 이런 크고 작은 사고들은 계속해서 일어났다. 전봇대를 감싸고 있는 필름 밴드의 튀어나온 커다란 쇠 볼트에 얼굴을 부딪혔을 때는 너무 아프고 속상하고 화가 나서 울었다. 스테인리스 재질인 그 밴드는 냄새도 없으며, 손으로 만졌을 때 닿는 면적도 매우 좁아 시각장애인은 알아차리기 어렵다. 얼굴 전체에 길게 긁힌 상처는 통증도 통증이었지만 흉터가 오래 남았다. 한번은 인도에 보도블록이 패인 것을 모르고 발을 헛디뎠고, 넘어지면서 팔에 금이 가 깁스를 한 적도 있었다.

그러나 이런 신체적인 고통보다 나를 더 힘들게 했던 것은 사람들로부터 받는 오해였다. 긴장한 채 걷고 있으면 거만하고 도도해서 인사성이 없다는 말이 들려왔다. 그들이 보는 나는 '싸가지 없는 여자'였다. 시각장애가 있어도 외견상으로는 전혀 드러나지 않았으니 말이다.

그래서 사람들은 내가 가만히 있으면 장애인이라는 것을 잘 눈치채지 못했다. 사실 나의 상태를 가까운 지인들에게조차도 말하지 않았으니, 나와 안면만 있는 사람이라면 오해할 수밖에 없었을 것이다. 그런 오해를 받으면서도 나는 주변 사람들에게 나의 장애에 대해 구구절절 말하기가 죽기보다도 싫었다. 때로는 나조차도 앞이 잘 보이지 않는다는 것을 순간 잊고 행동할 때가 있었다. 나는 나의 병을 제대로 받아들이지 못하고 있었지만 날이 갈수록 병의 진행 속도가 점점 빨라졌고, 외출이나 이동도 점점 더 힘들어졌다.

나는 발레 공연뿐만 아니라 다른 예술 분야의 공연과 미술관에서 열리는 작품들도 거의 매일 감상하다시피 했다. 예술가라면 새롭고 창의적인 창작활동을 하기 위해 반드시 해야 하는 일이다. 그런 일들이 점점 불가능해지고 있다는 것을 느낄 때마다 가슴이 조여오고 먹먹해지고 참담하기만 했다.

나는 어릴 적부터 음악 듣기를 좋아했다. 베토벤, 차이코프스키, 시벨리우스와 같은 클래식 음악을 가장 좋아했고 특히 첼로 연주곡을 즐겨 들었다. 거문고, 가야금 산조 같은 국악도 좋아했으며 비틀즈, 퀸 같은 팝송도 즐겨 들었다. 당시에는 잘 알려지지 않았던 포르투갈 음악인 파두fado도 좋아했다. 가끔은 내가 발레가 아닌 음악을 전공했다면 시력을 잃었어도 계속 활동할 수 있지 않았을까 하는 쓸데없는 생각을 하기도 했다.

그래도 발레의 실기 과목을 가르칠 때는 내가 앞에서 시범을 보이고 학생들에게 가까이 다가가서 한 사람씩 자세를 잡아주면 되기 때문에 큰 문제가 없었다. 그러나 더 이상 책을 볼 수가 없을 정도로 시력이 떨어져서 이론 강의를 하기가 점점 더 어려워졌고, 학생들의 성적 처리를 하거나 서류를 보아야 하는 일들이 가장 큰 문제가 되었다. 더 이상 학생들을 가르칠 수도, 발레 공연 무대에 설 수도 없는 상황이 다가오고 있었다.

나는 아무짝에도
쓸모없는 사람인가

　나는 해가 바뀔 때마다 맨 먼저 작은 전화번호 수첩을 정리하곤 했다. 그 수첩을 살펴보면 1년 동안의 인간관계가 한눈에 들어오기도 했지만, 그것은 나만이 아는 시력 측정 방법이기도 했다. 처음에는 손바닥만 한 크기의 수첩이었는데, 해가 지날수록 점점 더 큰 수첩이 필요해졌다. 볼펜으로 한 페이지에 대여섯 개씩 적던 이름들도 사인펜으로 크게 두세 개만 적어야 겨우 알아볼 수 있었다.

　2000년대에 들어서자 작은 수첩이 아니라 큰 다이어리 한 면에 매직펜으로 한 사람의 이름을 크게 적어야만 알아볼 수 있을 정도가 되었다. 그 무렵부터 종이에 무언가를 적는 행위는 더 이상 내게 의미가 없어졌다. 그렇게 전화번호 수첩은 점점 쓰지 않게 되었고, 꼭 기억해야 할 몇몇 사람들의 전화번호만이 내 머릿속에 남게 되었다.

　밖에 나가는 일이 점점 두려워졌다. 거리의 간판을 읽을 수 없었고, 상점의 출입문이 보이지 않아 이마를 부딪혀 주먹만 한 혹이 생기기도 했다. 카페에 들어가려다 입구를 찾지 못해 한참을 서성인 적도 있었다. 사방이 통유리로 된 구조라 출입문이 어디인지 도무지 알 수 없었다. 카페 앞에서 들어가지 못하고 서성거리는 나를 안에서 지켜보던 카페 주인이 결국 밖으로 나왔다. 그녀는 왜 그러느냐며 나를 위아래로 훑어보았다. 나는 어색하게 웃으며 입구를 찾지 못해서 그렇다고 말했고, 그제야 그녀는 반색하며 출입문 쪽으로 나를 안내해주었다. 출입문에는 정말 얄미울 정도로, 단추처럼 아주 작은 손잡이 하나가 달려 있었다.

시력 저하는 급속도로 진행되었고, 급기야는 일상생활이 힘들어질 만큼 시야가 점점 좁아졌다. 가장 안전해야 할 집 안에서도 움직이는 일이 점점 더 어려워졌다. 내 몸 하나 돌보는 것조차 버거웠고, 마음 한편에는 늘 무거운 돌이 얹힌 듯했다. 탁자 위에 놓인 컵을 자주 깨뜨렸고, 그 깨진 컵을 치우려고 일어나다가 바닥에 떨어진 유리에 발바닥을 찔리기도 했다. 문 모서리나 벽 모서리에 얼굴을 부딪히는 일도 잦아졌다. 작은 사고 하나가 또 다른 사고로 이어지는, 이중 삼중의 위험 속에서 하루하루를 보내고 있었다.

이런 일들이 반복될 때마다 나는 순간적인 통증보다도 먼저 짜증과 분노를 느꼈다. 화가 치밀어 올라 소리를 지르고 싶었고, 무언가를 집어던지고 싶은 충동을 억제할 수 없었다. 그렇게 변해가는 나 자신이 점점 더 싫어졌다.

그런데 나는 지금 누구에게 화를 내고 있는 것일까. 문득 슬퍼지며 야속한 마음에 부모님을 원망하려 하자 곧 죄스러운 마음이 들었다. 결국 원망의 화살은 하늘로 향할 수밖에 없었다. 사람들을 만나는 일이 점점 꺼려졌고 말수도 줄어들었다. 마음은 한없이 쪼그라들었다.

정기적으로 안과에 다니고 있었지만 갈 때마다 의사는 "글쎄요…. 앞으로 5년 뒤면 좋은 일이 생기지 않을까요?" 같은 말만 영혼 없이 되풀이했다.

세상이 뒤집어질 것처럼 모두가 야단법석을 떨던 2000년이 시작된 지도 몇 년이 지났지만 세상은 별로 달라진 게 없었다. 그런 가운데 시력 감퇴가 점점 더 빨라져 간단히 외출하는 것도 힘들어지자 나는 결국 2004년도에 모든 사회 활동을 접기로 결단을 내렸다. 그 무렵의 나는 한계에 다다른 상태였다.

머릿속은 온통 이런 생각들로 가득 차 있었다.

'나는 아무것도 할 수 없는 사람이야. 아무짝에도 쓸모없어.'

일을 그만두자 자연스럽게 사회 활동과 대인 관계의 폭도 눈에 띄게 줄어들었다. 날이 갈수록 외출은 급격히 줄었고, 만나는 사람들 역시 손에 꼽을 만큼 제한되었다. 결국 누군가가 우리 집으로 찾아와주어야만 사람을 만날 수 있는 상황이 되었다. 그렇게 답답하고 우울한 시간들이 이어졌다.

장애 1급인데
보험금은 못 준다고요?

어느 날 후배가 나의 사정을 듣더니, 그런 경우에 보험금을 청구할 수 있을 텐데 혹시 보험 들어놓은 게 있느냐고 물었다. 그러면서 후배는 보험약관을 읽어주었다. 놀랍게도 약관의 첫 머리에 '장애 1급은 사망으로 간주한다'라고 명시되어 있었다. 동사무소에서 발급해주었던 1급 장애인복지카드를 받아들었을 때도 놀라지 않았던 나는 오히려 그 문구에 더 충격을 받았다.

즉시 보험금 청구 절차를 밟았다. 그러나 보험사에서는 보험금을 지급할 수 없다고 통보해왔다. 망막색소변성증은 유전병이기 때문에 내가 이미 알고 있었을 것이라고 판단했다는 이유였다. 오히려 계약 당시 이를 회사에 고지하지 않았으므로 보험금을 지급할 수 없다고 했다. 어처구니가 없었다.

평소 설계사와 친분이 있어 여러 개의 보험에 가입하면서도 보험약관을 제대로 읽어보지 않았었다. 주변에서는 소송까지 해보라고 했지만, 그 과정을 알아보던 중 소송을 하더라도 보험사 측이 아니라 보험 설계사 개인에게 구상권을 청구한다는 사실을 알게 되었다.

어느 날 보험 설계사가 나를 찾아왔다. 그녀는 자신이 그 금액을 물어낼 수밖에 없는 처지라며, 오히려 살려달라는 말까지 하며 애원하듯 이야기했다. 평소 그녀의 사정을 잘 알고 있던 터라 우리는 서로 아무 말도 하지 못한 채 가슴만 아플 뿐이었다. 정말 안타까웠다. 소송을 하더라도 보험사가 아닌 설계사가 보험금을 지급해야 하는 상황이었고, 그녀의 형편을 누구보다 잘 알고 있던 나는 차마 그럴 수가 없었다. 보험사 측은 설계사와 계약자가 담합해 보험금을 타내는 경우가 종종 있기 때문에 어쩔 수 없다는 입장이었다.

나는 결국 보험금을 포기하기로 했다. 대기업을 상대로 언제 끝날지 모를 소송을 감당하는 일도 내키지 않았고, 무엇보다 보험사 측에서는 내가 발병 이전에 이 병을 몰랐다는 사실을 직접 입증하라고 요구했다. 대체 그것을 무엇으로 증명하란 말인가. 게다가 가까운 곳조차 제대로 다니지 못하는 상황에서 보험사가 요구하는 각종 서류를 일일이 준비하는 것 또한 현실적으로 거의 불가능했다. 무엇보다도 사람을 잃고 싶지 않다는 마음이 컸다.

그렇게 나는 장애 1급 판정을 받고도 보험금을 한 푼도 받지 못했지만 마음을 다잡아야 했다. 앞으로 이보다 더 힘들고 어처구니없는 일들은 차고 넘칠 터였다.

'별 볼 일' 없는
인생이지만

　수많은 시인들이 밤하늘의 아름다운 별을 노래했다. 어떤 시인은 별을 벨벳 위에 보석을 뿌려놓은 것 같다고 했고, 또 어떤 시인은 술병에서 별이 쏟아진다고 노래했으며, 다른 시인은 하늘에서 별이 쏟아진다고 말했다.

　그러나 나는 초등학생 때도 맑게 갠 밤하늘의 별들도 보려고 애를 써야만 아주 밝게 빛나는 별 하나를 겨우 볼 수 있었다. 시간이 지나면서 그마저도 점점 어려워졌고, 굳이 별을 보려 애쓰지 않게 되었다. 도회지에 살다 보니 밤하늘을 올려다볼 일도 많지 않았다. 이제는 보고 싶어도 별을 볼 수 없게 되었으니, 나의 인생은 여러모로 '별 볼 일' 없는 인생이 되었다.

　그래도 가끔씩 이런 내게 '별 볼 일'이 생기기도 한다. 벽이나 모서리에 이마나 머리를 세게 부딪혔을 때다. 초등학생 때부터 야맹증이 있었기에 조금만 어두워지는 저녁 무렵이 되면 혼자 외출하기가 힘들었다. 낮에는 일상생활이나 학교생활을 하는

데 큰 지장이 없어 그다지 불편함을 느끼지 못하고 살았다. 게다가 예전에는 지금처럼 밤 문화가 활성화되어 있지 않아 저녁 시간이 되면 자연스럽게 집으로 돌아오는 것이 당연했고, 모두가 일찍 잠자리에 들던 시절이었다.

이처럼 낮에는 활동에 큰 문제가 없었지만 가끔 초점이 맞지 않거나 시야가 갑자기 안개가 낀 것처럼 뿌옇게 보일 때가 있었다. 그러다 다시 금세 또렷해지곤 했기에, 나 스스로도 왜 잘 보이다 안 보이다 하는지 알 수 없었다.

종잡을 수 없는 시력은 결국 크고 작은 문제를 일으켰다. 그럴 때마다 내 상태를 부모님께 제대로 설명하지를 못했고, 마음만 점점 더 쪼그라들었다. 이런 사정을 몰랐던 부모님은 "너는 왜 그렇게 조심성이 없니?"라며 나를 나무라시면서도 속상해하셨다. 어린 마음에 그런 꾸중을 들을 때마다 속상했고, 때로는 부모님이 야속하게 느껴지기도 했다.

이를테면 시야가 좁아지면서 안방에 들어가다 방바닥에 놓인 재떨이를 보지 못하고 발로 차, 담배꽁초와 재가 여기저기 흩어지는 일이 종종 있었다. 그럴 때마다 나는 괜히 꾸중을 들을까 봐 서둘러 정리하곤 했다. 붙박이처럼 늘 같은 자리에 있는 물건들은 익숙해지면 피할 수 있었지만, 재떨이처럼 위치가 바뀌기 쉬운 물건이나 유리로 된 투명한 그릇들은 어디에 있는지 알 수 없어 깨뜨리기 일쑤였다. 그 와중에도 흐트러진 것을 빨리 치워 깔끔하게 해놓아야 한다는 생각에 마음만 더 조급해졌던 것 같다.

중학교 3학년 때의 일이다. 당시에는 야간자율학습을 하던 시기여서 새벽같이 학교에 갔다가, 깜깜한 밤이 되어서야 집으로 돌아오곤 했다. 그러던 어느 날, 하굣길에 집 앞 버스정류장에서 내려 인도로 발을 내딛는 순간, 내 몸이 깊은 수렁으로 쑤욱 빠져버렸다. 내가 학교에 있는 낮 동안 하수도 맨홀을 묻기 위해 인도를 파헤쳐 놓았다는 사실을 알 턱이 없었다.

"사람 살려!"

내 비명 소리를 주변 사람들이 듣고 놀라 달려와 손을 내밀어 준 덕분에 나는 겨우 그곳에서 빠져나올 수 있었다.

놀라고 창피한 마음에 울고 있으니, 사람들은 어쩌다 거기에 빠졌냐며 어디 다친 데는 없냐고 걱정하기도 하고, 혀를 끌끌 차며 한마디씩 보태기도 했다. 그들의 말에 대꾸조차 하지 못한 채 가방을 살펴보니, 안은 이미 구정물로 흥건했고 신발과 교복 역시 구정물과 진흙으로 엉망이 되어 있었다. 집으로 돌아오는 동안 얼굴은 눈물로 범벅이 되었고, 몸에서는 불쾌한 냄새가 났으며, 걸음을 뗄 때마다 철벅거리는 소리가 났다.

그 꼴로 대문을 들어서자 엄마는 기겁을 하며 놀라, 어디 다친 데는 없느냐고 물으셨다. 책가방 속 교과서와 학용품들은 결국 다시 구입해야만 했다.

그럼에도 돌이켜보면, 그 시절의 불편함과 두려움 속에서 나는 나름대로 스스로를 돌보는 법을 조금씩 배워왔던 것 같다. 잘 보이지 않는 세계를 더듬으며 보낸 시간들이 꼭 쓸데없는 고생만은 아니었던 셈이다. 어느새 사람들 눈에 잘 띄지 않는 작은 변화나 기척을 먼저 느끼는 감각이 내 안에 자리 잡았다.

그래도 엄마만큼은
내 편인 줄 알았는데

눈이 거의 보이지 않게 되면서 나를 버티게 하는 것은 마지막 남은 자존심뿐이었다. 그런 가운데 잘나가는 동생들이 부럽기도 했지만, 한편으로는 고깝고 얄밉게 느껴졌다. 부모님마저도 늘 동생들 편인 것만 같아 야속하고 서운했다. 이런 현실이 점점 더 외롭고 서글프게 다가왔다.

부모님께서는 5남매의 맏이인 내게 어릴 적부터 항상 "맏이가 잘해야 동생들이 본을 받는다." 하시며 무엇이든 잘하라고 말씀하셨다. 그런 가르침 덕분인지 나는 밖에서는 늘 단정하고 성실하며 뭐든 잘하는 아이라는 평가를 받았다.

하지만 그런 나를 딱 한 사람만은 칭찬할 줄을 몰랐다. 바로 남편이었다. 그의 앞에서는 내가 혹시라도 실수하지는 않을지 괜스레 주눅이 들어 가슴이 쪼그라들 만큼 긴장했고, 마음은 늘 살얼음판을 걷는 듯했다.

외출할 때 다른 집들은 보통 여자가 준비하는 동안 남자가 기다린다고들 했지만, 우리 집은 정반대였다. 옷장 안에는 풀까지 먹여 빳빳하게 다려진 와이셔츠가 열 벌 넘게 가지런히 걸려 있어도, 그날 입을 양복과 색상이 어울리지 않으면 그는 전날 밤 벗어둔 다른 색 와이셔츠를 찾았다. 그러면 나는 두말하지 않고 거의 빛의 속도로 움직여 빨래통 속에서 그 셔츠를 꺼내 손빨래를 하고, 다시 풀을 먹여 다림질한 뒤 그의 앞에 내놓아야 했다.

세 식구가 살면서도 입들이 워낙 짧아 한 번 먹은 음식에는 다시 손을 대지 않았다. 어떻게 하면 가족들이 잘 먹을 수 있을까 고민하며 이것저것 음식을 차려도, 남편은 늘 그날 준비된 반찬 외에 다른 반찬을 찾았다. 아무리 이른 아침 식사라도 식탁에는 육해공을 아우르는 음식이 올라야 했고, 세 식구의 식탁이라 해도 수저 받침 위에 정갈하게 수저를 올려놓아야 했다. 과일을 통째로 바구니에 담아두는 일은 있을 수 없었고, 반드시 깔끔하게 깎아 가지런히 접시에 담아 내놓아야 했다.

2000년대에 들어서면서 시력이 급속도로 안 좋아지며 내 몸 하나 건사하기도 벅찬 상황에서, 아이를 돌보는 일보다 까다로운 남편과의 결혼 생활을 유지하는 일이 더 버거웠다. 더 이상은 감당할 수 없었다. 아니, 불가능했다. 가족을 위해 내가 할 수 있는 일은 아무것도 없다는 생각이 들었다. 나는 조용히 그의 곁을 떠나기로 마음먹었다. 결심이 굳어진 어느 날 부모님께 말씀드리고 잠시 친정에서 지내기로 했다.

다시 친정살이를 하게 되었고, 그 선택이 잘못되었음을 깨닫는 데는 그리 오랜 시간이 걸리지 않았다. 출가 전 부모님 슬하에 있을 때와 출가 후 다시 부모님과 함께 지내는 일은 하늘과 땅 차이라는 사실을 시간이 지날수록 뼈저리게 느꼈다. 가시밭 같은 내 마음은 가족들의 보살핌마저도 왜곡해 받아들였고, 그러면서도 내가 스스로에게 상처를 주고 있다는 사실조차 알아차리지 못하고 있었다.

그러던 어느 날, 집안 행사로 가족들이 모인 자리에서 아주 사소한 일로 둘째 동생과 다투게 되었다. 기억을 더듬어보면 어릴 적 동생들과 크게 싸운 적은 거의 없었고, 동생들이 내게 대든다는 것은 상상조차 하기 어려운 일이었다. 둘째 동생과는 성격이 비슷해 종종 다투기도 했지만, 그럴 때마다 나는 언니라는 이유만으로 동생을 꼼짝 못 하게 하곤 했다.

성인이 된 뒤에는 각자 따로 살다 가끔 만나게 되었는데, 반가움과 함께 설명하기 어려운 어색함이 늘 따라다녔다. 서로 주고받는 말투도 예전만큼 곱지 않았다.

그러다 보니 언제부턴가 둘째 동생이 유난히 얄밉게 느껴졌고, 내가 시력을 잃어가면서 혹시 더 나를 무시하는 건 아닐까 하는 마음도 커져갔다. 그런 감정을 꾹 눌러 참고 지내고 있었는데 하필 온 가족이 모인 그날, 마음속에 쌓여 있던 감정이 결국 터지고 말았다. 대수롭지 않은 말 한마디에 팽팽한 긴장감이 흘렀고, 동생은 내 면전에서 쏘아붙이듯 말한 뒤 자리에서 벌떡 일어나 문을 쾅 닫고 나가버렸다.

그 순간, 나는 엄마와 다른 동생들 앞에서 완전히 무시당한 기분이 들었다. 이미 가족들로부터 소외되고 있다는 느낌 속에서 하루하루를 바늘방석에 앉은 듯 살아오던 마음을 건드려버린 것이었다. 나 역시 더는 참을 수 없어, 마음속으로는 앞서가는 동생의 머리채라도 잡아당기고 싶은 심정이었지만 간신히 참고, 잠깐 이야기를 나누고 풀어야겠다는 생각에 뒤따라 나갔다. 그러나 내가 동생의 팔을 잡는 순간, 동생은 내 팔을 거칠게 뿌리치고 달아나버렸다.

분노가 치밀어 올랐다. 다시 동생을 쫓아가려는 순간, 상황을 눈치채신 엄마가 내 앞을 가로막고 서서 조용한 목소리로 말씀하셨다.

"네가 뭘 잘했다고 그래? 제부들 앞에서 창피한 줄 알아라."

이미 부모님과 동생들의 눈치가 보였고, 떳떳하지 못한 나 자신이 한없이 초라했다. 대학 강사로 일하고 있다고는 해도 쥐꼬리만 한 보수로는 부모님께 생활비조차 드릴 수 없는 형편이었고, 오히려 얹혀살고 있는 처지였다. 그런 현실이 비참하기 이를

데 없었다.

엄마의 그 말씀에 그동안 아슬아슬하게 버텨왔던 나의 이성은 한순간에 와르르 무너지고 말았다. 그래도 엄마만큼은 내 편인 줄 알았는데….

나는 미친 사람처럼 괴성을 지르며 동생을 붙잡으려고 집 안이 방 저 방을 날뛰었지만 문에 부딪히고 벽에 부딪힐 뿐이었다. 분노는 점점 더 커졌다. 그 순간, 내 편은 아무도 없다는 생각뿐이었다.

얼마나 시간이 흘렀을까. 잠시 정신을 가다듬고 보니 집 안에는 아무도 없었다. 아무 일도 없었던 것처럼 고요하고 적막했다. 가족들은 미쳐 날뛰는 나를 피해 모두 어디론가 나가버린 것이었다.

굳이 거울을 보지 않아도 내 얼굴이 엉망이었을 것은 뻔했다. 그런 나의 모습이 가족들에게 괴물처럼 보였을 것이다. 그저 그 자리를 벗어나고 싶었다. 어디로, 어떻게 가야 할지는 생각할 여력조차 없었지만, 그 공간에서만은 벗어나고 싶었다.

그동안 부모님께 품어왔던 죄책감과 가족들에 대한 미안함, 어떻게든 잘해보려 애쓰며 버텨온 마음이 완전히 무너져버렸다. 이렇게 초라한 껍데기만 남은 채 그곳에 머물고 있다는 사실이 나를 더 비참하게 만들었다.

아무도 내 마음을 이해해주지 않았다. 내 마음은 점점 구겨지고 찢겨 너덜너덜해졌고, 만지기만 해도 부서질 것처럼 바싹 말라 있었다. 간간이 들려오는 친구들의 좋은 소식조차 왜곡해 받아들이며, 운이 좋아서 그렇다거나 남편을 잘 만나서 그렇다며 비아냥거렸다.

나 자신이 정말 아무짝에도 쓸모없는 인간처럼 느껴졌다.

이젠 내 곁에
아무도 없네

영화 〈여인의 향기〉 속 주인공 알 파치노의 모습이 문득 떠올랐다. 영화에서 대통령의 보좌관을 지내고 장군감으로 지목될 정도로 촉망받는 군인이었던 그는 갑작스러운 사고로 시력을 잃게 된다. 과거의 화려했던 삶이 모두 끝나버린 그는 홀로 허망하게 앉아 죽음을 생각한다.

가족으로부터 떠나야겠다는 생각이 내 머릿속을 스쳤다. 그러나 상상만 할 뿐 나는 점점 더 무기력해졌고, 몸의 모든 감각도 둔해져 고통조차 느껴지지 않았다. 어떻게 되든 상관없을 것 같았다. 그렇게 나는 서서히 사그라지고 있었다.

내 상태를 제대로 자각하지 못한 채 '그럴 리 없다'며 부정하는 시간이 길어졌다. 그사이 시행착오는 계속되었고, 짜증과 설움이 쌓여 분노로 변해갔다. 이 고통이 오롯이 나 혼자만의 아픔이라고 느껴질 때면 한없이 외롭고 서글펐다. 그런 감정들이 나도 모르는 사이 마음 한편에 차곡차곡 쌓이다 보니, 아주 작은 자극도 깊은 상처가 되었고 결국 감당하지 못한 채 폭발하고 말았다. 그럴 때마다 나는 세상을 원망하고, 하늘을 원망하며 모든 원인을 외부로 돌렸다.

억눌러왔던 마음을 한꺼번에 쏟아낸 뒤로는 한동안 가족들의 시선을 피해 다녔고, 가능한 한 만나지 않았다. 그 와중에도 머릿속을 떠나지 않던 생각은 오직 하나, 집을 떠나야겠다는 생각뿐이었다.

꼭 필요한 일 외에는 집 밖으로 나가지 않았고, 사람들과의 만남도 경계했다. 그러다 문득 '맹인'의 모습을 떠올려 보기도 했다. 맹인이라 하면 가장 먼저 떠오르는 인물은 헬렌 켈러였지만, 그녀는 위인전 속 인물처럼 너무 멀게 느껴져 마음에 와닿지 않았다.

내가 예전에 보았던 맹인의 모습은 초라한 차림에 이상해 보이는 눈, 검은 선글라스, 구부정한 어깨, 그리고 흰 지팡이를 든 모습이 전부였다. 지하철에서 찬송가를 틀고 동전 바구니를 들고 다니며 구걸하던 모습도 떠올랐다. 그런 장면이 스칠 때마다 나는 진저리가 나 고개를 저었다. 언젠가 내가 다른 사람들에게도 그렇게 보일까 봐, 참을 수 없을 만큼 괴로웠다.

마침 본가에서 조금 떨어진 곳에 부모님 명의의 집이 있었는데, 세입자가 집을 나가게 되었다. 나는 부모님을 설득했고, 내

뜻을 받아주신 덕분에 그 집으로 이사를 하게 되었다. 꼭 필요한 살림 몇 가지만 새로 장만하고, 내가 쓰던 물건들을 차분히 정리해 옮겼다. 혼자만의 시간은 한동안 내게 안정감과 여유를 주었다.

그렇게 혼자 생활하던 어느 날, 잠시 외출했다 돌아와보니 현관문이 열려 있었다. 불현듯 불길한 예감이 들었지만, 혹시 내가 문을 잠그지 않았던 것은 아닐까 싶어 우선 집 안으로 들어갔다. 그러나 예감은 틀리지 않았다. 옷가지와 책들이 어지럽게 흩어져 있었고, 서랍장과 옷장도 모두 열려 있었다.

너무 놀라고 당황한 나머지 동생과 친구에게 급히 연락했다. 살펴보니 뒤쪽 베란다를 통해 도둑이 들어온 흔적이 있었다. 두렵기도 하고 불쾌하기도 했지만, 다행히 잃어버린 물건은 거의 없었다. 사실 잃어버릴 만한 귀중품도 변변히 없었다. 동네 좀도둑이겠거니 생각했다. 그 일 이후 보조키를 달고, 외출할 때는 문단속을 더욱 철저히 했다. 그렇게 도둑 침입 사건은 서서히 잊혀갔다.

그러던 중 평소 친하게 지내던 친구에게서 연락이 왔다. 그녀는 갑작스럽게 회사를 그만두게 되었고, 머지않아 온 가족이 캐나다로 이민을 갈 예정이라며 떠나기 전에 얼굴이나 한 번 보자고 했다. 그녀는 대기업에 다니며 능력도 인정받아, 남자 동료들 사이에서도 일 잘하는 사람으로 정평이 나 있던 친구였다.

늘 건강하고 밝던 그녀는 언제부턴가 계단을 오를 때 다리가 유난히 무겁게 느껴졌다고 했다. 피곤해서 그렇겠거니 하고 대수롭지 않게 넘기며 지내던 어느 날, 식탁 위에 있던 주전자의 물을 컵에 따르려다 갑자기 손에 힘이 풀려 주전자를 떨어뜨렸고, 이후에는 컵조차 제대로 들 수 없을 만큼 상태가 악화되었다고 했다.

더는 안 되겠다 싶어 병원을 찾아 정밀 검사를 받았고, 그녀는 의사로부터 청천벽력 같은 말을 들었다. 아직 더 많은 검사가 필요하지만, 루게릭병과 유사한 근육병이 진행되고 있을 가능성이 매우 높다는 것이었다. 하지만 그녀는 통증도 없었고, 겉으로 보기에도 전혀 이상이 없어 보였다. 그저 기운이 없고, 물건을 쥐기 어렵고, 걷는 것이 조금 불편할 뿐이라고 했다. 가족들조차 혹시 꾀병이 아니냐고 할 정도였다고 했다.

앞으로를 생각하면 눈앞이 캄캄해져 남편과 상의 끝에 사회복지가 잘 갖춰진 캐나다로 이민을 가기로 결정했고, 그 준비를 하고 있다고 했다. 나는 믿기지 않아 벌린 입을 다물지 못했다. 무슨 말을 해야 할지 몰라 그저 가슴이 저릴 뿐이었다.

병명을 알게 되고 진행 과정과 치료 가능성에 대해 들은 뒤에는 절망감이 더 커졌다고 했다. 현대 의학으로는 어쩔 수 없고, 병의 진행이 더뎌지기만을 바랄 뿐 자신이 할 수 있는 일은 아무것도 없다는 말이 가장 힘들었다고 했다. 그러다 요즘 '기 치료'를 하는 곳을 알게 되었는데, 그곳에서 받는 치료가 하루를 버티고 몸을 움직일 수 있게 해주는 유일한 힘이라고 했다.

어느 날 문득 내 생각이 났다며, 비록 병명은 다르지만 서로 같은 아픔을 안고 있다는 생각이 들어 내가 어떻게 지내고 있는지 궁금해졌다고 했다. 그리고 현대 의학이나 과학적 치료가 어려운 사람들에게 자신이 받고 있는 기 치료를 권하고 있다고도 덧붙였다. 그녀의 말이 선뜻 믿기지는 않았지만, 그런 상황에서 지푸라기라도 붙잡고 싶은 그녀의 마음만은 고스란히 전해져 가슴이 아릿해졌다.

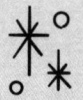

지푸라기라도
잡는 심정으로

그 이후 오랫동안 그녀와 나는 서로 소식을 전하지 않았다. 그렇게 그녀를 잊고 지내던 어느 날, 평소에 동네에서 친하게 지냈던 언니들이 초파일이 얼마 남지 않아 절에 시주를 하러 갈 텐데 날도 좋으니 같이 가자고 했다. 나도 딱히 할 일도 없고 답답하던 차에 언니들을 따라나섰다. 남한산성 근처에 있는 절로 간다고 했는데, 오랜만에 바람도 쐬고 기분 전환도 될 것 같았다. 예닐곱 명이 두 차에 나눠 탔고, 트렁크에는 절에서 쓸 방석들을 차곡차곡 싣고 출발했다.

절에 도착한 우리는 주지 스님께 인사를 올렸다. 그때 스님은 함께 간 언니에게서 내 눈 이야기를 들으셨는지, 기회가 되면 기 치료를 한 번 받아보면 좋겠다고 말씀하셨다. 전혀 관심을 가져본 적도 없는 분야였는데, 주변에 그런 치료를 받는 사람이 의외로 많다는 사실이 놀라웠다. 스님 앞이라 나는 애매하게 웃어 보였을 뿐, 더는 아무 말도 하지 못하고 자리를 나왔다.

그러고도 한참이 지난 초여름 어느 날, 절에 함께 갔던 친한 언니를 통해 스님에게서 연락이 왔다. 스님은 기 치료하는 곳을 소개해 줄 테니 한번 받아보라며 간곡하게 권하셨다. 선뜻 답을 못 하고 망설이는 내게 스님은 "일단 가서 분위기를 보고 할지 말지는 그때 결정해도 되지 않겠냐"고 하셨다. 지금보다 조금이라도 눈이 좋아질 수만 있다면 뭐라도 해봐야 하지 않겠냐는 말씀에, 나도 더 이상 거절할 말이 없었다. 그때 문득 내게 기 치료 이야기를 해주었던, 캐나다로 떠난 친구의 얼굴이 떠올랐다.

결국 기 치료를 한번 해보기로 했고, 약속을 잡고 보니 일사천리로 일이 진행되었다. 스님께서 소개해준 곳은 대전 근교에 있는 곳이었고, 내가 대전 터미널까지만 가면 도착하는 대로 그곳에서 사람이 나와줄 것이라고 했다. 나는 그때 이미 아주 익숙한 장소가 아니면 혼자서 움직인다는 것이 몹시 두려울 만큼 힘든 상태였기에 하물며 낯선 곳을 혼자서 찾아간다는 것은 엄두도 못 낼 일이었다. 심지어 그때는 다른 사람들에게 도움을 선뜻 청할 줄도 몰랐다. 그나마 익숙한 서울 지하철과 고속버스는 거북이처럼 더듬어 겨우 타고 다녔다.

이미 수많은 의사에게서 현대 의학으로는 아무것도 해줄 것이 없다는 말을 수없이 들어온 터라 별다른 기대하는 마음도 없었다. 대전으로 가는 내내 차창 밖으로 보이는 풍경을 그저 물끄러미 바라보았는데, 물감이 번진 듯 범벅이 되어 더 이상 정확한 물체를 구분하기도 어려웠다. 이마저도 언젠가는 보이지 않을 거라는 생각을 하면 암담하기만 했다.

그런 생각을 하다 보니 어느새 버스는 대전 터미널에 도착했다. 내가 버스에서 내리자 반가운 목소리로 스님의 법명을 부르며 다가오는 여자가 있었다. 그녀의 안내를 받아 주차장으로 가서 준비된 승용차에 탔고, 서로 인사를 나누었다. 긴장되고 어색했으며 모든 것이 낯설었다.

차는 대전을 벗어나는 듯했다. 한참을 달려 도착한 곳은 주변에 인가도 없고 논밭만 펼쳐져 있었다. 여기가 어디쯤인지 묻자 그녀는 짧게 "공주 쪽이요."라고만 답했다. 그 목소리가 왠지 서늘하게 들렸다. '지금이라도 되돌아가야 하나' 하는 생각과 '스님이 소개한 곳인데 설마 무슨 일이 있겠어' 하는 생각이 마음속에서 팽팽하게 맞섰다. 겉으로는 태연한 척했지만, 속은 불안으로 흔들리고 있었다. 그래도 기왕 내친걸음이니 한 번은 가봐야 한다는 마음으로 스스로를 다잡았다.

그녀의 안내로 들어선 곳은 허름한 연립주택 같은 건물의 2층이었다. 문을 열고 들어가니 가재도구도 거의 없었고 변변한 농짝 하나도 보이지 않았다. 안방처럼 보이는 큰방 하나와 현관 옆의 작은방 하나가 있었고, 두 방 사이로 거실 겸 주방이 자리하고 있었다.

그녀는 큰방으로 들어오라며 방석을 건네고 앉으라고 했다. 그리고 차 한 잔을 내왔다. 잠시 기다리자 스님과 평범해 보이는 남자 한 사람이 방으로 들어왔다. 두 사람은 서로 잘 아는 사이처럼 보였다. 반갑게 인사를 나누고 안부를 묻더니, 오는 길에 별일은 없었는지 같은 사소한 이야기까지 주고받았다.

나는 그들이 들어설 때부터 이미 마시던 차를 쟁반에 내려놓고 서 있었다. 스님은 나를 보더니 앉으라고 손짓했다. 평상복 차림의 남자는 내게 눈이 언제부터 그랬는지, 지금 증상은 어떤지 등을 자세히 물었다. 나는 현재 상태를 있는 그대로 설명했다. 스님과 그녀는 그 남자를 '선생님'이라고 불렀다.

선생은 우선 이곳에서 3일을 묵으며 다른 사람들이 받는 기 치료에 함께 참여해보고, 그 이후 계속할지 결정하자고 했다. 계속하기로 하면 이곳에서 3개월 정도 집중 치료를 받게 될 거라고도 했다. 나는 집에서 일주일에 두 번 정도 다니며 받는 방식은 안 되겠냐고 물었다. 그는 짧게 "입원 치료와 같은 겁니다."라고 답했다. 선뜻 결정할 수 없어, 일단 3일 머무르며 생각해보고 결정하겠다고 했다. 대화를 마친 뒤 스님과 따로 이야기를 나누고 싶었지만, 내가 선생과 대화하는 사이 스님은 홀연히 자리를 떠나버리고 없었다.

그곳에서 3일을 지내는 동안 막연했던 걱정과 불안은 사라지고 오히려 편안해졌다. 터미널부터 그곳까지 내 곁을 떠나지 않고 도와주었던 그녀는 그곳에서 집사 같은 역할을 하고 있었다. 손님이 오면 차를 내고, 식사 준비와 청소까지 집안일을 도맡느라 잠시도 앉아 있을 틈이 없어 보였다. 내가 머무는 동안 그녀가 나와 함께 자게 될 거라고 했다. 숙식을 하는 사람은 나 말고는 없다고도 했다.

하루 일정은 보통 오전 10시 집단 기 치료로 시작됐다. 어디서 오는 사람들인지는 알 수 없었지만, 시간이 되면 대여섯 명이 들어왔다. 큰방에 예닐곱 명이 모여 동그랗게 깔린 커다란 방석 위에 앉아 가부좌를 하고, 명상부터 시작했다.

한 시간가량 이어지는 명상은 처음엔 몹시 곤혹스러웠다. 누구 하나 어떻게 하라거나 무엇을 해야 하는지 알려주는 사람이 없었다. 나는 그저 눈치껏 따라 할 뿐이었다. 그렇게 앉아 있으면 선생이 한 사람 한 사람의 뒤로 가서 말없이 머리부터 척추까지 살피며 자세를 곧게 잡아주었다.

명상이 끝나면 돌아가며 명상 중 떠올랐던 생각과 그에 따른 감정들을 아주 구체적으로 말하게 했다. '대체 이런 사소한 것까지 왜 말해야 하지?' 싶으면서도, 내 차례가 되면 나도 모르게 주절주절 말하고 있었다. 그리고 나는 거기에 하나가 더해졌다.

선생은 내게 창밖을 보라고 하며 좀 더 선명해진 느낌이 없느냐, 무엇이 보이느냐고 물었다. 시력 상태를 점검한다는 것이었다. 평소보다 조금 더 보이는 것 같기도 하고 아닌 것 같기도 하고, 도무지 종잡을 수 없었다. 다른 사람들은 대부분 근처에 사는지 그 시간이 끝나면 모두 부리나케 자리를 털고 나가버렸다.

그렇게 3일이 지나, 계속 이곳에 머무를지 결정해야 하는 순간이 왔다. 마음이 편안했고 컨디션도 좋아지는 것 같았다. 이렇게 3개월을 지내면 정말 눈이 좋아질지도 모른다는 막연한 희망에 마음이 부풀었다. 그런 내 마음을 꿰뚫기라도 한 듯 선생은 결정적으로 말했다. 3개월이 지나면 지금보다 30~40퍼센트는 좋아질 거라고. 그 말에 마음이 확 쏠렸고, 결국 3개월을 더 지내보겠다고 대답했다.

그러려면 우선 서울로 올라가 짐을 꾸려 와야 했다. 서울에 도착하자마자 어릴 적 친구를 불러 자초지종을 설명하고, 당분간 내가 집을 비울 테니 가끔 우리 집을 한 번씩 들여다봐달라고 부탁했다. 친구는 그렇게 해서라도 눈이 좋아질 수만 있다면 얼마나 좋겠냐며 나를 꼭 안아주었다. 아마 내가 불안해 보였는지, 혹시 무슨 일이 있으면 언제든 연락하라고도 했다. 나는 가슴이 뜨거워지고 눈두덩이가 뜨거워지는 것을 느꼈다. 그런 친구가 정말 고마웠다. 캐리어에 옷가지를 주섬주섬 챙겨 넣고, 그날 밤 늦게 다시 그곳에 도착했다.

일주일쯤 지났을까. 머릿속은 수없이 많은 생각으로 복잡했다. 내가 도대체 여기서 뭘 하고 있는 건지 모르겠고, 이런 생활이 내게 정말 도움이 되는지도 갈피가 잡히지 않았다. 시력이 좋아지는 것 같다가도 아닌 것 같고, 여전히 종잡을 수 없었다. 누군가 "인생이란 원래 이렇게 사는 거야." 하고 알려주면 좋을 것만 같았다. 어떻게 살아야 하느냐고 묻고 싶었다. 하지만 물어볼 사람도, 속 시원히 답해줄 사람도 없는 듯했다.

그러다 문득 처음 왔던 날 이후로 스님을 한 번도 뵌 적이 없었다는 사실을 깨달았다. 스님이나 신부님, 목사님 같은 성직자들은 이런 질문의 답을 알고 있을 것만 같았다. 그분을 붙잡고 묻고 싶었다. 그래서 집안일을 도맡던 그녀에게 스님은 언제 오시냐고 물었더니, 그녀도 모른다고 했다.

그렇게 3주쯤 지난 어느 날 아침, 아무런 예고도 없이 스님이 그곳에 나타났다. 나는 반가워하며 그동안 품고 있던 질문을 꺼낼 기회를 기대했지만, 스님은 처음 만났을 때와 달리 어딘가 냉랭한 기운을 풍겼다. 따뜻함과 친절함이 느껴지지 않았다. 의아했지만 나는 어떻게든 대화를 나눌 기회를 기다렸다.

그러나 스님은 선생과 조용히 긴 이야기를 나눌 뿐 내게는 좀처럼 기회가 오지 않았다. 결국 나는 말 한마디도 건네지 못한 채, 스님은 바람처럼 왔다가 바람처럼 사라져버렸다. 이상했다. 아니, 점점 모든 것이 이상하다는 생각이 들었다. '내가 대체 여기서 뭘 하고 있는 걸까' 하는 생각이 들 때면 당장이라도 나가버리고 싶었다. 하지만 그러면 고작 3개월도 견뎌보지 않고 시력이 좋아지기만을 바라는 것처럼 느껴져, 꾹 참고 다시 주저앉기를 여러 번 반복했던 것 같다.

며칠 뒤, 명상을 마치고 돌아가며 이런저런 이야기를 나누던 중 선생이 느닷없이 말했다. 천도제를 지내면 좋겠다는 것이었다. 어떻게 하는 거냐고 묻자, 모든 것은 이곳에서 알아서 할 테니 비용만 준비하면 된다고 했다. 그리고 그 비용은 천만 원 정도라고 덧붙였다. 나는 깜짝 놀라 벌린 입을 다물지 못한 채 멍하니 그를 바라보았다. 그는 한꺼번에 다 내지 않아도 된다며, 마치 큰 선심이라도 쓰는 듯 준비되면 말하라고 했다.

이건 대체 무슨 상황이지? 혹 떼러 왔다가 혹 붙인다는 게 이런 건가? 천도제가 반드시 필요한 것이냐고 묻자 그는 나의 전생에 대해 운운하면서 도저히 나로서는 납득하기 어려운 말들만을 늘어놓았다.

하지만 고민할 필요도 없었다. 나는 그때 천만 원이라는 돈도 없었고, 어디에서 마련할 방법도 없었다. 그렇게까지 해서 정말 눈이 뜨일 거라는 확신도 없었다. 공연한 짓이라는 생각이 들어 마음을 접었다. 다음 날 선생을 보는 것이 꺼려졌지만 오기가 발동했다. 최소한 한 달은 채워보고 나가겠다고 마음먹었다.

그날 밤 휴대전화가 계속 울렸다. 사실 그곳에서는 외부와 자유롭게 통화할 수도 없었다. 나는 혼자 있을 때 전화기를 써도 된다는 허락을 받긴 했지만, 거의 저녁 무렵에 잠깐 꺼내 부재중전화를 확인하는 정도였고, 긴급한 연락이 아니면 바깥과 연락을 하지 않은 채 지냈다.

보통은 한 번 전화했는데 내가 받지 않으면 상대방이 문자를 남기거나, 조금 시간이 지나 다시 전화를 하는데, 이번에는 휴대전화가 끊임없이 울렸다. 이상해서 사람들에게 양해를 구하고 베란다로 나가 전화를 받았더니, 뜻밖에도 친구의 다급한 목소리가 들려왔다.

친구가 낮에 우리 집에 들어가려 열쇠를 꽂았는데 현관문이 맥없이 열렸다고 했다. 순간 너무 무서워 도저히 들어갈 용기가 나지 않아 마른침을 삼키고 심호흡을 한 뒤 조심스럽게 문을 열어보았단다. 그런데 집 안에서는 온기가 느껴지는 게 아니라 바깥의 냉기가 훅 끼쳐왔고, 너무 무서워 결국 문을 닫아버렸다고 했다. 그 뒤로 친구는 혼자 처리할 수 없을 것 같아 어떻게든 내게 연락하려 했는데 연락이 닿지 않아 종일 애가 탔다고 했다.

친구는 내게 지금 당장 서울로 올라오라고 했다. 나는 선생에게 자초지종을 설명하며 집에 가보겠다고 했지만, 선생은 이 밤중에 어떻게 가겠느냐며 내일 아침에 가라고 말했다. 지금 서울에 가더라도 집에 들어가 쉴 수도 없고 상황이 바뀌지도 않으니, 내일 일찍 떠나라고 했다. 그러면서 집에 가거든 모든 걸 다 버리고 와야 한다는, 도무지 뜻을 알 수 없는 말을 덧붙였다.

듣고 보니 맞는 말 같기도 했다. 지금 올라가도 당장 할 수 있는 일이 없었고, 이 밤중에 갈 곳도 마땅치 않았다. 나는 친구에게 상황을 설명하고 다음 날 집에서 만나기로 한 뒤 잠자리에 들었지만 잠은 쉽사리 오지 않았다.

날이 밝자마자 서둘러 서울로 올라갔다. 현관문을 열어보고는 기가 막혔다. 도둑은 침대 머리맡 창문 새시를 절단하고 유리창을 깨고 들어온 듯했다. 방 안은 폭탄을 맞은 것처럼 난장판이었다. 침대 위에는 유리 파편이 박혀 있었고, 바닥에도 유리 조각이 여기저기 흩어져 있어 발을 내디딜 때마다 바사삭 부서지는 소리가 났다.

귀중품과 소품이 든 상자들까지 죄다 뒤집혀 있었고, 책과 CD도 바닥에 어지러이 널려 있었다. 망연자실한 나는 어디서부터 손을 대야 할지 몰랐다. 소중한 물건들이었지만 그 순간에는 손을 대는 것조차 겁이 났다. 왜 내게 이런 불행이 자꾸 겹치는지 모르겠다며 한숨이 절로 나왔다. 이 집에서 더는 살고 싶지 않았다. 아니, 살 수가 없었다.

우선 꼭 필요한 물건만 골라 챙기고, 나머지는 100리터짜리 쓰레기봉투 여러 개에 나눠 꾸역꾸역 담기 시작했다. 몽땅 버리고 싶었다. 구청에 전화해 가구와 세간살이도 모두 수거해달라고 했다. 엄마에게도 전화를 걸어 상황을 말씀드리며, 무서워서 더 이상 이곳에서 살기 어려우니 처분해달라고 부탁드렸다.

이제는 갈 곳을 고민해야 했다. 번잡한 서울에 있고 싶지는 않았지만, 그렇다고 서울에서 너무 멀리 떠나고 싶지도 않았다. 심사숙고 끝에 결국 대전으로 내려가기로 했다.

창고를 열어보니 책과 공연 때 쓰던 소품들이 박스에 가득했다. 그것들마저도 깨끗이 버렸다. 꼭 필요한 것, 정말 소중한 것만 골라 챙기고 나니 이삿짐센터를 부르기엔 짐이 너무 적고, 그렇다고 빈손으로 갈 수도 없어 애매했다. 승용차에 싣고 가면 될 것 같아 친구에게 부탁하기로 했다.

어릴 적부터 소꿉친구로 지내온 그 친구와 떨어지는 것도 내게는 슬픈 일이었다. 친구는 흔쾌히 도와주겠다고 했다. 우리는 트렁크와 뒷좌석에 짐을 꽉꽉 눌러 싣고 대전으로 향했다.

그렇게 한참 달리고 있는데, 갑자기 '퍽' 하는 소리와 함께 차가 이리저리 흔들렸다. 친구는 잠깐 놀랐지만 곧 침착하게 운전대를 조정하며 속도를 줄여 갓길에 차를 세웠다. 다행히 평일이라 고속도로에 차가 많지 않았다. 우리는 놀란 가슴을 쓸어내리며 차에서 내렸고, 친구는 바퀴가 찢어졌다고 했다. 얼마나 위험한 순간이었는지 자신도 너무 놀랐다고 했다. 차 안에서 달릴 때와 달리, 차 밖에서 고속도로를 질주하는 차들의 속도를 온몸으로 느끼자 그제야 두려움과 아찔함이 밀려왔다.

우리는 비상등을 켜고 갓길에 앉아 레커차를 불렀다. 잠시 후 도착한 레커차 기사는 차에 짐을 너무 많이 실어서 그런 것 같다며, 차를 끌어올리려면 먼저 안에 실린 물건을 전부 내려야 한다고 했다. 우리는 아침부터 애써 실었던 짐을 다시 끄집어내야 했다.

앙다문 어금니 사이로 신음이 새어 나왔다. 말로 다 할 수 없이 부끄럽고 수치스럽고 비참했다. 우리는 한참 아무 말 없이 짐을 내렸다. 그런데 그 순간, 갑자기 웃음이 '빵' 터져버렸다. 나는 미친 사람처럼 웃기 시작했다. 눈물을 줄줄 흘리며 배를 잡고 웃었다. 열심히 짐을 내리던 친구도 내 웃음에 어안이 벙벙한 표정을 짓더니, 이내 따라 웃었다. 그렇게 한참을 웃고 나니 가슴이 후련해졌다. 그리고 문득 깨달았다.

가장 소중한 것은 바로 나였다.

도둑이 든 집을 정리하며 나는 내 40여 년 인생이 녹아 있는 흔적들을 몽땅 버렸다. 그러고도 내가 꼭 필요하다고 챙긴 물건은 고작 승용차 한 대에도 가득 차지 않을 만큼 적었다. 그런데 그마저도 한낱 허섭스레기 같은 것들이었다. 버린 것들 중에는 소중하다고 믿어 고이 간직했던 것도 있었고, 아까워서 끝내 버리지 못했던 것들도 있었다.

하지만 곰곰이 생각해보니 가장 소중한 것은 물건이 아니라 나 자신이었다. 하마터면 가장 소중한 나를 버릴 뻔했다. 그렇게 생각하니 마음속에 어지러이 쌓여 있던 쓰레기 같은 생각들이 웃음과 함께 홀홀 날아가버린 듯했다. 홀가분했다.

뜻밖의 심각한 상황을 연달아 맞닥뜨린 끝에, 나는 너무도 큰 깨달음을 얻었다. 우리는 다시 대전을 향해 떠났다.

빈사의 백조

혼자 있는 시간이 길어지다 보니 자연스레 생각들이 많아졌다. 이러한 생각들은 잠시 떠올랐다 사라지는 것들이 대부분이었지만 어떤 생각들은 오랫동안 머무르며 나를 괴롭혔다. 그런데 그러한 모든 생각들이 결국 '나는 아무짝에도 쓸모없어! 이렇게 살아서 뭐 하겠어!' 같은 부정적인 생각들 이어서 나를 점점 더 우울의 늪으로 빠지게 만들었다. 죽고 싶은 심정이었다가도 그럼에도 불구하고 때로는 살고 싶다는 심정으로 오락가락하며 하루에도 열두 번씩 마음이 널뛰었다.

사느냐 죽느냐. 그것이 문제였다.

자살자살자살자살자살자살자살자살자살자살자

어디에 마침표를 찍어야 할까? 자살. 살자.

아파트에서 떨어진 내 모습을 상상해보니 끔찍해서 싫었고,

약을 먹자니 미처 죽지 못하고 깨어나면 무슨 창피일까 하는 걱정을 했고, 목을 매달자니 길게 나온 혓바닥과 보랏빛으로 퉁퉁 부은 발을 상상하는 것만으로도 끔찍했다. 기차에 몸을 내던진 안나 카레니나도 생각해보았다. 공포스러웠다. 그러한 생각들로 나는 나 스스로를 서서히 죽여가고 있었다. 거의 외출을 하지도 않았고 밤이면 악몽에 시달리며 가위에 눌리곤 했다. 무기력, 공황장애, 우울증….

가녀린 백조가 서서히 죽어가는 과정을 너무나도 아름답게 표현한 '빈사의 백조La Mort du Cygne'는 클래식 발레 중에서도 내가 가장 좋아하는 레퍼토리다. 1917년은 재정 러시아가 붕괴되고 소련으로 이어지는 중요한 전환점을 맞는 시기였다. 그해 2월 혁명으로 인해 러시아의 마지막 황제인 니콜라이 2세가 퇴위하게 된다. 임시 정부가 세워졌지만 내부의 혼란과 전쟁이 이어지면서 국가는 안정을 찾지 못하고 매우 혼란스러운 시기였다. 이후 일어난 10월 혁명으로 볼셰비키당이 권력을 장악하면서 임시 정부를 무너뜨리고 소련이 탄생했다. 이 시기는 러시아 사회와 정치에 커다란 변화를 가져왔고 이후 '소련'이라는 새로운 국가가 형성되는 기반이 되었다.

당시 러시아 황실발레단의 수석 무용수였던 안나 파블로바는 발레 연습 도중, 혁명가의 총에 맞아 피를 흘리며 쓰러져가는 왕실의 어린 병사를 목격하고 큰 충격에 빠졌다. 그 충격으로 한동안 발레를 할 수 없게 되었고, 실의에 빠져 있던 그녀를 남편 미하일 포킨이 사랑으로 극진히 돌보았다. 그리고 포킨은 그녀를 위해 발레 작품을 만들었다. 카미유 생상스의 '동물의 사육제' 중 '백조' 선율에 맞춰, 그녀 앞에서 죽어가던 어린 병사의 모습을 떠올리게 하는 춤을 구성한 것이다. 가녀린 날갯짓으로 파르르 떨며 서서히 죽어가다가도, 다시 한번 크게 날갯짓하며 백조의 우아함을 한껏 뽐내 보이지만, 결국 날갯짓은 처연하게 사그라든다.

초등학교 고학년 때 학예발표회가 계기가 되어 시작한 발레는, 내 인생의 전부였다. 발레를 전공해 대학원 과정까지 마치고 대학 강사로 일하는 동안, 나는 발레를 비롯해 무용 공연장과 전시회장, 음악회 등 예술과 떼려야 뗄 수 없는 삶을 살아왔다.

예술가의 삶은 시간을 초월해 살아가는 일인지도 모른다. 창작을 위해 하루가 멀다 하고 다른 사람의 예술 작품을 관람해야 하고, 다른 분야의 예술을 통해 영감을 얻기도 한다. 때로는 일상에서 섬광처럼 떠오른 아이디어를 붙잡아 반복해 연습하며, 하나의 작품으로 완성해가는 과정을 끝없이 되풀이한다.

나는 초등학생 때부터 야맹증이 심해 예술 활동에 제약도 많았다. 발레를 전공하면서 공연장을 자주 다녀야 했는데, 밝은 곳에 있다가 갑자기 어두운 공연장으로 들어가면 앞이 캄캄해 아무것도 보이지 않았다. 그럴 때마다 친구들 도움을 받았다. 무대에 설 때는 본 공연을 하기 전에 다른 동료들보다 한 번이라도 더 무대를 밟아봐야 했다. 무대의 크기를 익히고 동선을 정확히 기억하기 위해서였다. 그래야 본 공연에서 무리 없이 해낼 수 있었다. 그래도 당시에는 내가 그저 시력이 나쁜 거라고 생각했을 뿐, 시각장애인이 되리라고는 꿈에도 생각해본 적이 없었다.

조금은 어수선한 공연장 안에 조용히 음악이 흐르고, 객석의 조명은 꺼지며 무대 조명이 밝아지기 시작한다. 막이 서서히 올라가고, 무대 위에서 준비하던 나는 마지막으로 숨을 고른 뒤 흐르는 음악에 몸을 맡기며 춤을 추기 시작한다. 춤을 추는 동안에는 오로지 춤에 몰입하느라 다른 것을 생각할 겨를이 없다.

발레리나는 토슈즈를 신고 연습을 하다 보니 발이 뭉개지고 발톱이 빠지는 고통쯤은 예사다. 대학생 시절 '라 실피드La Sylphide'를 공연할 때였던 것 같다. 그때 내 엄지발톱은 이미 빠지기 직전까지 들려 있었고, 조금만 움직여도 피가 맺힐 만큼 아파 머리털이 쭈뼛 설 정도였다. 그럼에도 엄지발가락을 먼저 거즈로 감싼 뒤, 발가락을 보호하는 얇은 솜으로 다른 발가락들까지 여러 번 싸매고 토슈즈에 발을 밀어 넣었다. 나도 모르게 이를 악물게 되었고 신음이 절로 나왔다. 토슈즈 끈을 묶고, 발을 절룩거리며 무대 위로 올라갔다.

그런데도 조명이 켜지면 고통으로 일그러져 있던 내 표정은 어느새 환한 미소로 바뀌었다. 나는 음악에 몸을 맡기고 춤을 췄다. 커튼콜을 마치고 무대 뒤로 들어와 토슈즈를 벗을 때면, 거즈와 발가락이 피로 범벅이 되어 달라붙어 있었다. 그것을 떼어내려면 이를 악물고 또 한 번의 고통을 참아내야 했다.

한번은 이런 일도 있었다. '지젤Giselle'을 공연할 때 나는 2막에 나오는 '미르타' 역할을 맡았다. 미르타에게 중요한 소품인 꽃을 무대 뒤 한편에 두고, 춤을 추다 그 꽃을 찾아 손에 쥐는 연습을 몇 번이고 반복했다. 그런데 본 공연에서 무대 뒤로 가 꽃을 찾으려니, 꽃이 온데간데없었다. 근사한 무대와 달리 무대 뒤는 이루 말할 수 없이 위험하고 복잡한 곳이다. 어둡고, 각종 장비와 설치물로 어수선하며, 출연진들이 무대 양쪽을 오가며 무대로 나가야 하니 더욱 조심해야 한다.

"꽃 좀 빨리 쥐여주세요!"

나는 다급하게 소리를 질렀다. 그러자 사람들이 무대 뒤를 돌아다니며 발에 차여 여기저기 흩어져 있던 꽃들을 주섬주섬 모아 내 손에 쥐여주었다. 안도의 숨을 내쉬며 나는 얼른 무대로 나섰다. 물론 처음 준비했던 만큼 풍성하고 예쁜 꽃다발은 아니었지만, 그래도 몇 가닥의 꽃줄기라도 양손에 나눠 쥐고 춤을 추며 얼마나 가슴을 쓸어내렸는지 모른다.

이렇듯 공연 활동과 강의를 병행하며 정신없이 살던 내게 이제 발레는 더 이상 할 수도 없고 의미도 없는 것이 되어버렸다. 그래서 발레는 가슴에 묻기로 했다. 의상과 소품도 모두 버렸고 내게 남은 것은 토슈즈 한 짝조차 없었다. 더 이상 발레를 말하는 것은 금기사항이었다. 빈껍데기만 남은 나는 빈사의 백조처럼 그렇게 스러져가고 있었다.

2008년이 시작되기 며칠 남지 않은 겨울의 어느 날, 동생에게서 다급한 전화가 왔다. 아버지가 위독하시니 얼른 서울로 올라오라는 연락이었다. 나는 급히 서울로 달려갔다. 집을 떠난 후 오랜만에 보는 가족들이었다.

평소에 너무 건강하셨던 아버지가 편찮으시다는 게 믿기지가 않았다. 그때까지 나는 부모님이 병원에 입원하시거나 자리에 누워 계신 모습을 본 적이 없었다. 의사는 아버지가 앞으로 한 달을 넘기기 어려울 것 같다고 했다. 아버지는 폐암 말기였고, 절대 안정을 취하지 않으면 뇌의 숨골 부위로 전이된 암이 작은 움직임에도 호흡을 막아, 순간을 예측하기 어려울 만큼 위독하다는 청천벽력 같은 말을 덧붙였다.

아버지는 일주일 동안 정밀 검사와 집중 치료를 위해 입원하셨고, 그사이 우리 가족은 겉으로는 평소와 다를 바 없이 지내며 며칠을 보냈다. 아버지의 병명과 사실 날이 얼마 남지 않았다는 사실을 아버지께 어떻게, 누가 말씀드려야 할지 서로 눈치만 살피며 설왕설래했다. 고양이 목에 누가 방울을 달 것인가. 결국 맏딸인 내게 그 역할이 주어지고 말았다. 하지만 나는 그 말을 꺼내기가 죽기보다 싫었다. 말하고 싶지 않았다.

그렇게 차일피일 미루는 사이 시간은 흘렀다. 일주일간 정밀 검사를 마친 아버지는 집으로 돌아오셨고, 엄마의 간곡한 권유에 그동안 해오시던 사회 활동을 당분간 접기로 하셨다.

집에서 엄마의 극진한 간호를 받으며 지내시던 지 3주째 되던 어느 날 아침, 아버지는 몸이 너무 힘들다고 말씀하셨다. 엄마는 119에 전화했고, 우리는 응급실로 황급히 향했다. 의사는 오늘을 넘기기 어렵겠다고 말했다. 가족이 상의한 끝에 일단 아버지를 병실로 옮기기로 했다.

동생은 친지와 아버지 친구분들께 연락을 했고 연락을 받은 친지와 친구분들은 속속 병원에 도착하여 어찌 된 일이냐며 놀라고 당황하셨다. 그때마다 아버지께서는 별거 아니라고 괜찮다고 하시면서 손님들께 음료수를 대접하며 챙기셨다.

그러나 나는 아버지의 말과 행동 속에서, 죽음의 그림자가 빠른 속도로 아버지 곁으로 다가오고 있음을 느낄 수 있었다. 그렇게 세 시간쯤 지났을 무렵, 아버지는 갑자기 침대에서 몸을 벌떡 일으키시더니 허공에 손짓하며 쓸 것을 달라고 하셨다.

누군가 메모지와 볼펜을 아버지 손에 쥐여드렸다. 아버지는 그 메모지에 이렇게 쓰셨다.

나는 후회 없이 살았다. 엄마를 잘 부탁한다. 너희도 열심히 살아라.

그러고는 팔을 툭 떨어뜨리며, 힘없이 고개를 떨구셨다. 그렇게 아버지는 자신의 병명도 모른 채, 우리 가족과 친지들, 그리고 친구들이 지켜보는 가운데 영원히 작별하셨다.

우리 삶에는 인간의 힘으로 어쩔 수 없는 불가항력의 힘이 작용한다. 우리는 그것을 운명이나 팔자라고 부르기도 한다. 그중에서도 가장 큰 것은 아마 인간의 죽음일 것이다.

그때까지 가족의 죽음을 한 번도 겪어보지 못했던 우리 남매는 슬퍼할 겨를도 없이 장례를 치러야 했다. 아버지의 장례를 치르고 난 뒤에야 비로소 깨달았다. 나는 그동안 모든 것을 체념한 듯 오로지 죽음만 생각하고 있었는데, 굳이 죽으려고 애쓰지 않아도 죽음은 늘 삶 곁에 함께하고 있었다는 것을.

생각해보면 그때의 나는 죽고 싶었다기보다, 죽을 만큼 힘들었던 것이었는지도 모른다. 그리고 그만큼 간절하게 살고 싶다는 몸부림이었는지도 모른다. 그런 내 마음을 누군가 알아주길 바라고 있었던 걸까.

나를 죽이지 못한 것은 나를 더욱더 강하게 할 뿐이다.

철학자 니체는 이렇게 말했다. 아버지를 보내드린 뒤, 나는 강해지기로 다짐했다.

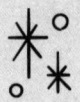

개똥밭에 굴러도
이승이 낫다는데

살고 싶었다.

그러나 무엇부터 시작해야 할지 막막했고, 선뜻 엄두가 나지 않았다. 몇 년 전, 평소 알고 지내던 특수학교 선생님이 조심스럽게 기초 재활교육을 받아보라고 권유한 적이 있었다. 그때는 그 말이 귀에 들어오지도 않았는데, 문득 그 권유가 떠올랐다. 며칠을 고민한 끝에 나는 스스로 기초 재활교육을 받기로 결심했다.

결심을 했지만 마음은 여전히 혼란스러웠다. 시각장애인 복지관을 처음 찾았을 때, 시각장애인들이 여기저기서 큰 소리로 서로의 이름을 부르는 모습에 너무 놀랐다. 지팡이로 바닥을 두드리는 소리, 오가며 어깨가 부딪혀도 "미안합니다."라는 말이 오가지 않는 풍경까지. 모든 것이 낯설고 두렵고 무섭기까지 했다. 나는 결국 그 자리를 떠나고 말았다. 한동안 집 밖을 나가지 않은 채 숨을 고르다가, 다시 한번 해보기로 마음먹었다. 그렇게 나는 '시각장애인으로서의 첫걸음'을 내디뎠다.

시각장애인의 기초 재활교육은 점자, 컴퓨터, 보행 교육으로 이루어진다. 어떤 유형의 장애든 후천적으로 장애를 갖게 되었다고 해서 글을 다시 배우는 경우는 드물다. 그러나 시각장애인은 반드시 점자를 배워야 한다. 현대를 살아가며 읽고 쓸 수 없다면 아무것도 할 수 없기 때문이다. 게다가 글을 읽고 쓸 수 없다는 것은 단순한 신체장애를 넘어 삶 전체의 문제로 확대될 수밖에 없다.

시각장애인은 종이에 인쇄된 글자를 '묵자', 점으로 표기한 글자를 '점자'라고 구분하여 부른다. 그때의 나는 묵자도 읽을 수 없는 문맹이었고, 점자도 읽을 수 없는 점맹이었으며, 컴퓨터는 엄두도 못 내는 컴맹이었다. 후천적 시각장애인이 점자를 새로 배우는 일은 결코 쉽지 않다. 마치 제2외국어를 배우는 것과도 같다.

점자는 여섯 개의 점 조합으로 이루어져 있어 먼저 초성·중성·종성의 조합을 외워야 한다. 점필로 쓰는 법을 익히고, 읽을 때는 손가락 끝으로 왼쪽에서 오른쪽으로 훑어가며 읽는다. 이미 나이가 50대에 접어들어 감각이 무뎌진 상태에서, 온몸의 신경을 손가락 끝 촉각에 집중해 익숙하지 않은 점자를 읽어내는 과정은 답답하고 고통스러웠다.

참을 수 없는 분노가 마음 깊은 곳에서 치밀어 오를 때도 있었고, '이렇게 읽어서 어느 세월에 뭘 할 수 있을까' 하는 자괴감에 모든 걸 내던지고 싶은 마음이 들 때도 한두 번이 아니었다. 그런 절망이 몰려오면 나는 머리를 책상에 박은 채 가만히 나 자신을 내버려두어야 했다. 그때는 누가 건드리기라도 하면 폭발할 것만 같았다. 때로는 멍하니 정신줄을 놓은 채, 어딘가를 하염없이 응시하고 있기도 했다.

이렇게 해서 '우유' 같은 단어 하나, 동화 한 줄 읽는 일이 내게 무슨 의미가 있을까. 참담했다. 그날도 손가락으로는 점자를 읽으면서도 '이걸 읽어서 내가 언제 뭘 할 수 있겠어'라는 생각이 들어 스스로가 한심하게 느껴졌다. 『플란다스의 개』에 나오는 '빨간 풍차'라는 표현에서 '빨' 자가 손끝에 잘 잡히지 않아 전전긍긍하고 있을 때였다.

"어머, 참 잘 읽으셨어요. 어제는 한 페이지 읽는 데 30분 걸렸는데 오늘은 25분 걸렸네요?"

점자를 익히는 교육생들을 지켜보고 있던 선생님이 내게 이렇게 말씀하시는 게 아닌가? 그 순간 가슴속에서 뜨거운 것이 울컥 올라왔다. 그제야 '누군가가 나를 바라봐주고 있었구나' 하는 생각이 들었다. 용기가 생겼다.

해내겠다는 결심을 굳힌 나는 점자에 익숙해지기 위해 잠자리에 누워서도 점자책을 손에서 놓지 않았다. 밤낮으로 읽고 또 읽었다. 그러던 어느 날, 나는 혼자서 미친 듯이 웃고 말았다.

"아하, 나는 불이 필요 없는(?) 여자구나! 어둠 속에서도 책을 읽을 수 있네!"

섬광처럼 깨달음이 스쳐 지나갔다.

내가 시각장애인이라고 말하면 많은 사람들이 으레 "힘내세요."라고 말한다. 하지만 정작 내게 힘과 용기를 준 것은 그 말이 아니라, 선생님의 진정 어린 칭찬 한마디였다. 나는 점자를 배우기 시작한 뒤로 말수도 적었고, 수업이 끝나면 사람들과 어울리지도 못한 채 곧장 집으로 가곤 했다. 그래서 그 선생님과 깊이 대화를 나눠본 적도 거의 없었다. 그런데도 선생님은 그동안 묵묵히 나를 지켜보고 있었던 것이다.

손끝의 점들은 여전히 더디게 읽혔지만, 누군가의 진심 어린 인정은 나를 다시 일으켜 세우기에 충분했다. 그날 이후 점자는 내게 단순한 글자가 아니라, 내가 다시 세상과 연결되는 통로가 되었다. 그리고 나는 알게 되었다. 사람을 움직이게 하는 힘은 '힘내라'는 말이 아니라, 조용히 지켜보다 건네는 진짜 한마디라는 것을.

온라인 세상에
눈뜨다

컴퓨터!

내가 눈으로 볼 수 있었던 시절에도 컴퓨터와 나는 거리가 멀었다. 도스DOS를 사용하던 시절에는 글자가 제대로 보이지 않았고, 윈도우라는 시스템은 전혀 알 수 없는 세계였다. 화면에 떠 있는 그림들 역시 나에게는 잘 보이지 않았다. 혹시라도 컴퓨터를 만졌다가 고장을 내지는 않을까 걱정되어 전원을 켜볼 엄두조차 내지 못했다.

비장애인들이 모니터를 보며 웃기도 하고, 때로는 심각한 표정으로 화면에서 눈을 떼지 못하는 모습을 볼 때마다 나는 그들과 전혀 다른 세상에 살고 있는 것만 같았다. 내가 알지 못하는 세계를 저들은 알고 있다는 사실이 부러웠다. 저토록 진지한 얼굴로 컴퓨터에 몰두하는 모습을 보며 혼자 궁금해하고 답답해했던 기억이 많았다. 나중에야 알게 된 사실이지만, 그들이 그렇게 심각하게 하고 있던 일의 대부분은 게임이나 채팅이었다. 그 사실을 알고는 헛웃음이 나왔다. 그들의 그토록 열중하던 일이 사실은 별것 아니었다는 생각에 허탈하면서도 한편으로는 안심이 되었다.

나는 가능한 한 빨리 컴퓨터를 배우고 싶었다. 조급한 마음 때문이었는지, 불과 두 시간 만에 키보드 자판을 익히게 되었다. 매일 컴퓨터 앞에 앉아 화면의 문자를 읽어주는 '센스리더'를 이용해 워드 연습을 했고, 그동안 읽지 못했던 책을 하나씩 읽어나가기 시작했다. 컴퓨터는 내게 또 하나의 새로운 세상을 열어주었다. 그 안에는 내가 오래도록 읽고 싶었던 책과 궁금해하던 방대한 정보가 가득 들어 있었다.

나는 닥치는 대로 책을 읽었다. 그동안 채우지 못했던 지적 허기를 보상받듯이, 소설은 물론 의학, 철학, 심리학까지 분야를 가리지 않았다. 매일매일 새로운 세계를 만나는 기분이었고, 텅 비어 있던 마음이 조금씩 채워지는 뿌듯함을 느꼈다. 책을 통해 맞이하는 하루하루가 너무나 즐겁고 기대되었다.

그러는 사이 나도 모르게 마음속에서 작은 꿈이 싹트고 있음을 깨달았다. 정말로 책 속에는 길이 있었다. '스카이프'를 통해 다른 지역에 사는 시각장애인들과도 알게 되었고, 채팅으로 이야기를 나누다 보니 내가 겪어온 일들이 결코 나만의 아픔이 아니라는 사실을 알게 되었다. 우리는 모두 시각장애라는 공통점을 가지고 있었지만, 그 삶은 저마다 달랐다. 그럼에도 각자의 경험에서 우러나온 고통을 이야기할 때면 함께 가슴 아파했고, 함께 눈물 흘리고 있음을 느낄 수 있었다.

그렇게 나는 다른 시각장애인들과도 조금씩, 그러나 분명하게 연결되어 가고 있었다.

공무원 시험
준비생

눈을 감고 가만히 서 있어보라. 몸이 조금씩 흔들리는 것을 느낄 수 있을 것이다. 다시 눈을 감고 앞으로 천천히 걸어가보라. 자신은 똑바로 걷고 있다고 생각하겠지만, 나중에 눈을 떠보면 중앙선에서 한참 벗어나 있을 것이다. 동서남북의 방향 또한 어디가 어디인지 구분하기가 쉽지 않다.

이럴 때 시각장애인에게 흰지팡이는 가고자 하는 방향을 알려주고, 발밑의 장애물이나 어떤 위험으로부터 몸을 지켜주는 거의 유일한 도구이자 상징이다. 그만큼 꼭 필요한 도구임에도 불구하고, 나는 가방에서 지팡이를 꺼내 펼치고 땅을 짚어가며 걷는 일이 죽기보다 싫었다. 시각장애인으로서의 나 자신을 온전히 받아들이기까지는 조금 더 시간이 필요했던 것이다.

6개월 정도 기초 재활교육을 받는 동안 나는 나에게 끊임없이 물었다.

'어떻게 살 것인가? 무엇을 하며 살 것인가?'

그 질문에 대해 언제나 뾰족한 답은 떠오르지 않았다. 사실 이런 질문은 청소년기를 지나며 종종 스스로에게 던지기도 했지만, 이렇게 깊이 고민해본 적은 없었던 것 같다.

기초 재활교육을 함께 받던 동료들은 맹학교나 안마 수련원으로 진학하는 일을 자연스럽게 받아들이는 듯 보였다. 그러나 나는 여전히 진로를 정하지 못한 채 고민만 거듭하고 있었다.

그러던 어느 날, 시각장애인이 사법고시에 합격했다는 소식을 접했다. 마치 뒤통수를 맞은 듯한 충격이었다. 놀라웠다. '어떻게 가능했을까? 얼마나 공부했을까?' 질문이 꼬리에 꼬리를 물었다. 그 순간 섬광처럼 스치는 생각이 있었다.

'그래 바로 저거야. 나도 한번 해보는 거야. 사법고시는 어렵겠지만 공무원 시험이라도 도전해보자….'

그렇게 공무원 7급 시험에 도전해보기로 했다. "두드려라, 그리하면 열릴 것이다."라고 하지 않았던가.

여기저기 수소문 끝에 서울의 모 복지관이 노량진 학원과 연계하여 시각장애인에게 인터넷을 통해 유명 강사의 강의를 수강하는 기회를 제공한다는 정보를 들었다. 귀가 번쩍 뜨였다. 나는 주저 없이 신청서를 작성하여 그 복지관으로 향했다. 이력서를 제출하고 면접을 봐야 했다. 자격 심사도 까다로웠지만 그런 것은 아무런 문제가 되지 않았다.

나는 설렘과 기대, 약간의 자신감으로 들떠 있었다. 유명 강사의 강의를 듣는 것만으로도 감사한데, 그것도 한 과목이 아니라 전 과목을 무료로 수강할 수 있다는 점은 내게 놓칠 수 없는 기회였다. 합격하거나 포기할 때까지 계속 수강할 수 있다는 조건 또한 막막함에 빠져 있던 나에게 한 줄기 빛처럼 느껴졌다.

그렇게 공무원 시험과의 사투가 시작되었다. 기초 재활교육에서 배운 컴퓨터 교육이 이렇게 곧바로 실전에 쓰일 줄은 몰랐다. 우리나라 내로라하는 강사들의 강의를 언제든 내 컴퓨터로 들을 수 있다는 사실만으로도 가슴이 벅찼다.

헌법, 행정법, 행정학, 국어, 한국사, 영어, 경제학….

이 모든 과목이 내가 넘어야 할 산이었다. 특히 헌법, 행정법, 행정학은 이름만 들어봤을 뿐, 나와는 전혀 다른 세계의 학문처럼 느껴졌다. 그러나 선택의 여지는 없었다. '무조건 해내야 한다'는 생각 하나로 반복하다 보면 언젠가는 이해할 수 있을 거라는 막연한 믿음으로 스스로를 밀어붙였다.

처음에는 용어들도 낯설고 익숙지 않았다. 그러나 내가 좋아하는 음악을 듣듯이 어느 정도 익숙해질 때까지 강의를 몇 번이고 되풀이하여 듣기로 작정했다. 그러던 어느 날 내 귀에 그 용어들이 들어오면서 그 단어의 뜻이 이해되기 시작했다. 나중에는 의미가 저절로 연결되었다.

공부를 시작하기 전에 하루 일과표를 만들었다. 초등학교 때 방학 숙제용으로 만들어 한 번도 제대로 지켜본 적이 없었던 바로 그 일과표 말이다. 마흔여덟의 나이에 다시 일과표를 만들며, 이번에는 반드시 지키겠다고 스스로와 약속했다. 그리고 나는 그 약속을 단 하루도 어기지 않았다.

아침 5시 반에 일어나 밤 11시에 잠자리에 들 때까지, 생리적인 활동과 식사, 운동 시간을 제외한 거의 모든 시간을 공부에 쏟았다. 과목별로 요일과 시간을 정해 반복 학습했고, 영어는 하루도 거르지 않았다. 그런데 의외로 가장 어려웠던 과목은 국어였다. 내가 알고 있던 말과 다른 규칙들이 많아 오히려 더 혼란스러웠다.

공부를 시작한 지 5개월쯤 지났을 무렵, 지방공무원 시험이 있었다. 연습 삼아 응시해보자는 가벼운 마음으로 대전시에 원서를 넣었다. 그런데 얼마 뒤 대전시청에서 연락이 왔다. 시각장애인 1급 응시자를 지원할 방법이 준비되어 있지 않아 내가 응시하더라도 시험을 치를 수 없을 것 같다는 황당한 답변이었다.

나는 음성 지원이 가능한 컴퓨터만 있으면 된다고 설명했지만, 돌아온 답은 예산이 없어 올해는 어렵다는 말이었다. 그들은 센스리더가 무엇인지조차 알지 못했다. 기가 막혔다.

포기하지 않고 다시 알아본 끝에 며칠 뒤 서울 지방직 시험이 있다는 것을 알게 되었고, 그 시험에 응시하기로 했다.

다른 과목들은 혼자 공부할 수 있었지만 영어가 가장 난관이었다. 한국어조차 처음에는 기계음에 익숙해지는 데 시간이 걸렸는데, 영어를 기계음으로 듣는 일은 훨씬 더 어려웠다. 발음이 익숙하지 않아 도무지 알아듣기 힘들었다.

그때 지인의 소개로 영어를 전공하며 공무원 시험을 준비 중이던 한 수험생이 자원봉사를 해주겠다고 나섰다. 눈물이 날 만큼 고마웠다. 그녀는 자신도 공부가 된다며 성실하게 읽어주었고, 우리는 서로를 격려했다. 시험 당일에도 그녀는 내 곁에서 서울역에 도착할 때까지 읽기를 멈추지 않았다. 참으로 고마운 사람이었다.

시험장에 도착해 교실에 들어가니 네 개의 책상 위에 컴퓨터와 헤드셋이 놓여 있었다. 응시자는 네 명인 듯했다. 그녀가 시험장 상황을 설명해주었다. 내가 긴장한 채로 기다리고 있는데 시험 감독관이 들어와 말했다.

"어머니는 이제 그만 나가셔도 됩니다."

"제가 응시자인데요."

나는 바로 대답했고, 감독관은 잠시 놀란 듯했으나 곧 시험 유의사항을 설명해주었다. 그렇게 첫 시험은 말 그대로 '시험 삼아' 치르게 되었다.

이후 나는 다시 1년 뒤 시험을 목표로 공부에 매진했다. 계획해둔 일정대로 단 하루도 빠짐없이 공부했다. 시험 결과에 대한 자신감보다도, 1년 넘는 시간 동안 스스로를 배신하지 않고 성실히 해냈다는 사실이 더 뿌듯했다. 마침내 진짜 시험 날이 다가왔다.

나는 새벽같이 일어나 서둘렀다. 여유롭게 시험장에 들어가 감독관에게 응시표를 제출했다. 한참 동안 서류를 뒤적이던 감독관은 내 이름이 명단에 없다고 했다. 나는 약간 격앙된 목소리로 그럴 리가 없으니 다시 한번 확인해달라고 했다. 감독관은 어딘가에 전화를 하고 서류를 뒤적여보더니, 서울시가 아닌 대전시에 시험 접수가 되어 있다고 말했다. 하늘이 무너지는 기분이었다.

나는 재빨리 감독관에게 대전시 시험 장소가 어디냐고 물었고, 활동지원사에게 시험장에서 가까운 용산역으로 가자고 다그쳤다. 1년 동안 아주 특별한 일이 아닌 다음에는 외출도 삼간 채 정말 열심히 공부에만 매진했던 터라 내게는 이 시험을 반드시 치러야 된다는 일념밖에 없었다.

택시를 잡아타고 기차역으로 향했다. 택시 안에서 대전시의 시험장이 있는 시험 감독관에게 전화를 걸어 다급한 목소리로 짧게 상황을 말해주었다. 그러자 그 감독관은 원칙은 시험 시작전 20분까지 입실해야 하지만 내가 시험 시작 직전까지라도 도착하면 시험에 응시할 수 있도록 해주겠다는 답변을 듣고 나서야 비로소 안도의 한숨을 쉴 수 있었다.

그러나 용산역에 도착하고 보니 안타깝게도 시험시간 전까지 시험장에 도착할 수 있는 열차는 없었다. 곁에 있던 활동지원사는 얼굴은 사색이 되어 있을 것이 뻔했고, 어쩔 줄 몰라 하며 내게는 차마 말조차도 걸지 못하고 있었다. 어처구니없게도 나와 활동지원사가 마지막에 지역 선택을 확인하지 않았던 것이었다. 제일 빠른 열차로 내려간다고 하더라도 제시간에 맞춰 시험장까지 도착하는 건 불가능했다.

아! 어찌 이럴 수가 있단 말인가! 나는 망연자실하여 용산역 대기실 의자에 앉아 한참을 넋을 놓고 앉아 있었다. 얼마나 시간이 지났는지 잘 모르겠다. 정신을 차린 뒤 나는 곁에 있던 활동지원사에게 무조건 지역에 상관없이 이곳을 가장 빨리 떠나는 열차표를 구해달라고 했다. 어디라도 좋았다. 무작정 어디로든 떠나고 싶었다.

그렇게 우리는 함께 전주행 열차에 올랐다. 열차에 오르고도 한참을 서로 말을 잇지 못했다. 시험 대신 전주시에 도착한 우리는 그곳의 맛난 음식을 먹고 눈요기도 하며 1년 동안 애써온 서로를 격려해주었다. 실컷 전주를 돌아다니다가 저녁 무렵이 되어서야 집으로 돌아왔다. 참으로 긴 하루였다.

서류를 제출하는 마지막 순간에 검토하지 않았던 작은 실수 하나 때문에 1년 동안 준비해왔던 노력을 제대로 발휘해볼 기회조차 갖지 못했다는 것에 아쉬움이 컸지만, 그래도 열심히 공부했다는 것에 뭐든지 할 수 있겠다는 자신감을 얻었으니 그것도 참 값진 경험이었다.

얼마쯤 시간이 흐른 어느 날, 시험에 응시했던 합격자 발표가 난 후에 서울의 복지관에서 연락이 왔다. 나와 함께 공부했던 이번 응시자 중에 합격자가 있어 그 합격자로부터 어떻게 공부했는지 들어보고 축하도 해주는 자리를 마련하니 참석해달라는 것이었다.

당당히 시험에 합격한 그녀는 선천적 시각장애인이며 대학에 다니는 4년 동안 공무원 시험 준비에만 전념했고 졸업 전에 시험에 응시하여 한 번에 합격한 것이었다. 당시 시험을 준비하는 나를 포함한 대여섯 명이 처음으로 자리를 함께하게 되었는데, 서로를 소개하고 보니 모두 20대였고 30대 초반이 한 사람 있었다. 50대는 나뿐이라는 것을 그때 비로소 알게 되었다.

아뿔싸! 내가 공무원 시험을 준비하고자 마음을 먹었을 때 나는 건강 상태와 IQ 그리고 체력, 지구력 등 공부에 필요한 모든 요건을 생각했으나 정작 그때 결정적으로 나이를 생각하지 않았던 것이었다. 그 자리를 주관했던 팀장은 마치 이런 나의 생각을 눈치라도 챈 듯이 쐐기를 박는 한마디를 했다.

"같은 점수라면 아무래도 젊은 사람을 뽑지 않겠어요?"

지나가듯 던진 그의 말 한마디에 내 마음속에서는 무언가 와르르 무너지는 듯했고, 쥐구멍에라도 들어가고 싶은 참담한 심정이었다. 그 말은 조언처럼 들렸지만, 사실상 나에게 내려진 조용한 판결처럼 느껴졌다. 그 순간 나는 더 이상 노력이나 성실함으로는 넘을 수 없는 벽 앞에 서 있다는 사실을 분명히 깨달았다. 그렇게 나의 공무원 시험 도전은 2년 만에 막을 내렸다.

공무원 시험 준비하던 시각장애인,
볼링선수로 그랑 알레그로

공무원 시험을 접은 나는 머리도 식힐 겸, 시각장애인 복지관 프로그램 몇 가지에 참여해보기로 했다. 그중에서 가장 마음이 끌린 것은 장애인 생활체육 프로그램으로 운영되던 '시각장애인 볼링'이었다. 대학 시절 볼링을 해본 적은 있었지만, 시각장애인들이 대체 어떻게 볼링을 하는지 도무지 감이 오지 않았다. 호기심 반, 기대 반으로 한번 가보았다.

볼링 자체는 비장애인이 하는 것과 똑같았다. 다만 한 가지가 달랐다. 전맹인 선수들에게는 레일까지 가는 경로에 허리 높이쯤 되는 얇은 바를 설치해준다. 한 손으로 그 바를 잡고 중심에서 벗어나지 않게 몸을 지탱한 채, 다른 손으로 볼링공을 들고 천천히 스텝을 밟다가 마지막 스텝에서 공을 굴리는 방식이었다. 정말 몇 년 만에 볼링공을 잡아본 건지 모르겠다. 바를 잡고 스텝을 밟는 일이 익숙하지 않아 어색했지만 생각보다 해볼 만했다.

뜻밖에도 그날 내가 1등을 했다. 볼링 코치가 내게 다가오더니 대뜸 말했다.

"혹시 발레 하셨어요?"

나는 놀라서 어떻게 아셨냐고 물었다. 코치는 내 몸에서 '발레 포즈'가 보인다며, 폼을 조금만 교정하면 선수로 뛰어도 좋겠다고 했다. 그러면서 혹시 볼링선수를 해볼 생각이 없냐고 물었다. 선수가 되려면 무엇을 해야 하느냐고 묻자, 먼저 선수 등록을 하고 일주일에 두 번 이상 연습하러 볼링장에 나와야 하며, 이후 전국장애인체전은 물론 아시안게임과 국제대회 출전 자격도 얻을 수 있다고 했다. 비용은 장애인체육회에서 지원한다고 했다.

나는 흔쾌히 그러겠다고 했다. 그렇게 해서 나는 곧바로 장애인 볼링선수로 등록하고 매주 두 번씩 볼링장으로 나가 동료들과 게임을 했다.

전맹 중에도 빛을 감지할 수 있는 사람도 있고 빛을 전혀 감지할 수 없는 사람도 있어서 형평성을 고려하여 규정상 눈에 패치를 붙이고 그 위에다 검은 안대를 착용하고 경기에 임하게 되어 있었다. 처음 눈에 패치를 붙이고 안대까지 한다는 것이 답답하게 느껴졌다. 하지만 형평성을 생각한다면 반드시 그렇게 하는 것도 맞을 것이라는 생각이 들었다.

그런데 나의 폼이 문제였다. 오랜 기간 쉬었다고는 하지만 평생 발레를 해왔던 터라 근육을 쓰는 방법이 어렵지는 않겠다고 생각했는데, 볼링은 발레와는 완전히 달랐다. 코치에게 매번 자세를 교정받아야 했다. 오랜 시간 굳어진 자세를 나이가 들어 바꾼다는 것이 쉽지 않았다.

눈이 보이던 젊은 시절에는 양손으로 공을 쥐고 자연스럽게 스텝을 밟다가, 마지막 스텝에서 공을 미끄러지듯 살포시 놓을 수 있었다. 하지만 지금은 상황이 달랐다. 눈을 가린 상태에서 왼손으로는 바를 잡아야 했고, 오른손으로는 공을 들어야 했다. 공의 무게도 만만치 않았다. 공을 놓는 순간 팔의 스윙 방향이 귀 옆을 스치듯 자연스럽게 올라가야 하는데, 내 팔은 의도와 달리 발레의 알라 스콩드à la seconde 동작처럼 자꾸 바깥쪽으로 뻗었다.

혹이 들어가면서 7번 핀이나 10번 핀이 남는 경우가 많았고, 스페어 처리도 쉽지 않았다. 특히 10번 핀이 남으면 거의 포기해야 할 정도였다. 점수는 생각만큼 쉽게 오르지 않았다. 그래도 끈기 있게 일주일에 두 번씩 두세 시간 이상 계속 연습하다 보니 어느 순간 실력이 조금씩 안정되기 시작했다.

그리고 2013년, 대구에서 열린 제33회 전국장애인체전에 출전하게 되었다. 처음 출전하는 전국체전이라 설레기도 했고 은

근히 기대도 되었다. 전국에서 각 지역을 대표하는 선수들이 모였다. 그런데 '전국체전'이라는 이름이 무색하게 경기장은 썰렁했고, 관중석에도 선수들의 활동지원사나 관계자, 코치가 대부분이었다. 우리 사회가 장애인 스포츠에 얼마나 무관심한지, 그 현실을 다시 한번 뼈저리게 느꼈다. 씁쓸했지만 겉으로 드러내지는 않았다.

볼링은 B1, B2, B3로 구분되는데 B1이 전맹 종목이었다. 앞서 말했듯 B1 선수들은 눈에 패치를 붙이고 그 위에 검은 안대를 착용한 채 경기에 임하며, 중심을 잡을 수 있도록 가이드 바가 설치된다.

경기가 시작되었다. 나는 개인전과 2인 1조 경기에 출전했다. 모든 운동이 그렇듯, 단전에 힘을 주고 사지에는 힘을 빼야 움직임이 자연스러워지고 실력도 잘 나온다. 어쩌면 인생도 마찬가지일지 모른다. 한때는 '강해야 한다'는 생각에 사로잡혀 있던 적도 있었지만, 언제부터인가 유연하고 탄력적인 것이야말로 진짜 강함이라는 것을 알게 되었다.

하지만 막상 경기 라인에 올라서자 그런 생각은 온데간데없었다. 잔뜩 긴장한 나머지, 정작 힘을 빼야 할 곳에 바짝 힘이 들어가버렸다. 팔을 부드럽게 스윙해 공을 바닥에 살며시 놓아야 하는데 욕심이 앞서 손끝에 힘이 들어가면서 공이 튕겼다. 그 작은 힘은 끝까지 영향을 주었고, 공은 핀에 닿기도 전에 거터로 빠져버렸다. 몇 차례 같은 실수가 반복되자 '이건 안 되겠다' 싶었다. 나는 심호흡을 하고 어깨와 팔의 힘을 최대한 뺐다. 다시 공을 던지자 그제야 점수가 조금씩 안정되었다.

하지만 첫 번째 게임에서 너무 형편없는 점수를 받은 탓에, 이후 게임에서 좋은 점수를 받았음에도 결국 동메달에 그치고 말았다. 2인 1조 경기에서는 은메달을 땄다. 아쉬웠지만 코치는 첫 출전에 좋은 성적이라며 칭찬해주었고, 내 자세가 좋다며 앞으로 기대주라고 치켜세워주었다.

동료들과 4박 5일 동안 함께 지내며 어울려본 것도 처음이었다. 전국 규모 대회다 보니 타지역에서 온 선수들과도 알게 되었고, 예전에 무용 콩쿠르에 나갔을 때처럼 나도 모르게 순위별로 사람들의 이름을 외우고 있는 나 자신을 발견했다. 이후 몇 해 동안 꾸준히 볼링을 하며 크고 작은 전국 대회에 참가했고, 나름대로 재미도 있었다.

내가 마지막으로 출전한 장애인 전국 볼링 대회는 인천에서 열렸다. 그동안 나는 B1 종목에서 거의 상위권을 유지해왔다. 경기마다 순위권에 드는 사람이 돌고 도는 듯했고, 그날도 컨디션을 조절하며 무리 없이 경기장에 나갔다. 내 차례가 되자 코치는 마음 편하게, 평소대로만 하라고 당부했다.

첫 번째 게임이 시작되었다. 공을 놓는 순간 손끝에 힘이 들어갔다는 것을 바로 알아차렸다. 공은 여지없이 미끄러지듯 굴러가다가 거터로 빠졌다. 레일 바닥에 기름이 많은 것 같았다. 나는 괜찮다고 스스로를 달랬다. 마음을 다잡고 다시 던졌지만 결과는 같았다. 자리로 돌아와 심호흡을 하고 있는데 코치도 다가와 괜찮다고 위로해주었다.

다시 플로어에 올라섰지만 손끝의 힘은 계속 들어갔고, 그럴 때마다 공은 거터로 빠지거나 겨우 핀 한두 개만 쓰러뜨릴 정도로 형편없이 굴러갔다. 한숨이 절로 나왔다. 관중석에서도 안타깝다는 듯이 탄성을 질렀다. 그렇게 공을 던지고 플로어에서 내려오는데 관중석에 앉아 있던 한 사람이 "폼은 정말 좋은데…." 라며 안타깝다는 듯이 탄성 섞인 말을 했다. 그러자 바로 내 곁에 서 있던 코치는 화가 머리끝까지 나서 "폼은 금메달 감이죠." 라며 볼멘소리를 뱉었다.

그렇게 첫 번째 경기가 끝났다. 형편없었다. 근래에 들어서 단 한 번도 받아본 적이 없던 최악의 점수였다. 그러나 남은 경기가 더 중요했다. 세 번의 경기를 무사히 마쳐야했다. 그래도 두 번째 게임에 들어서면서부터는 안정감을 되찾았고, 마지막 네 번째까지는 고른 점수를 유지할 수 있었다. 결국 금메달을 따지 못하고 은메달에 만족해야 했다.

사실 그 무렵 나는 상담심리를 공부하기로 마음먹고 있었고, 선수 활동을 접을 생각이었다. 하지만 볼링을 그만두기 전에 마지막으로 금메달을 한 번만이라도 목에 걸어보고 싶었는데 결국 그 소원은 이루지 못한 채, 나는 볼링을 떠날 준비를 하게 되었다.

2부

함께 살아가는 법을 배우다

진짜 공부는
마음 공부

언젠가부터 나는 상담이라는 분야에 강렬한 끌림을 느끼기 시작했다. 상대의 말에 진심으로 귀 기울여주고, 짧은 한마디로 듣는 이의 가슴을 따뜻하게 데워 생명력을 불어넣으며, 무기력에 빠진 사람들을 설렘과 기대의 상태로 변화시킨다는 점이 내게는 참으로 매력적으로 다가왔다.

특히 '동료 상담' 프로그램에 마음이 끌렸다. 서울에서 온 강사는 상담 이론과 기법에 대한 강의를 진행했는데, 총 12회기에 걸친 수업 내내 나는 매번 놀라운 경험을 했다. 강사가 툭툭 던지듯 내뱉는 짧은 말들이 마치 내 마음을 꿰뚫어보는 것 같았고, 그럴 때마다 내 마음은 크게 요동쳤다. 그녀의 말은 때로는 위로가 되었고, 때로는 격려가 되었으며, 때로는 다시 앞으로 나아갈 용기를 주었다. 나는 그 말들에 완전히 매료되고 말았다. 참으로 오랜만에 느껴보는 설렘이었다.

"상담을 배우려면 어디에서, 무엇부터 시작해야 하나요?"

나는 강사를 찾아가 간절한 마음으로 물었다. 그러나 강사는 다소 난색을 보였다. 상담은 쉬운 길이 아니라며, 시각장애인으로서 공부하기에는 여러모로 힘들 것이라는 말이었다. 그녀의 태도에는 약간의 부담과 거리감이 느껴졌고, 마치 나를 조심스럽게 밀어내는 듯했다.

하지만 나는 특유의 오기가 발동하여 그래도 꼭 배우고 싶다고 다시 한번 간곡하게 말했다. 그러자 강사는 깊은 한숨과 함께 "상담을 제대로 공부하시려면 석사, 박사과정까지 마치셔야 할 거예요."라고 말했다. 게다가 상담 기법을 배우고 수련 과정도 거쳐야 하며, 본인의 노력도 중요하지만 많은 시간과 비용이 든다고 거의 불가능하다는 듯이 대답했다.

하지만 그런 반응에도 내 머릿속은 어떻게 하면 심리학을 공부할 수 있을까 하는 생각으로 가득했다. 상담심리를 배울 수만 있다면 저 강사가 내게 그랬듯이 절망에 빠져 허우적거리고 있는 사람들에게 나도 뭔가 희망을 심어줄 수 있지 않을까 하는 막연한 생각도 들었다.

그렇게 고민하면서 여러 대학의 상담심리학과를 살펴보았다. 고려대학교가 내 마음에 들어왔고, 도전해보기로 결심했다. 비록 전공은 다르지만 이미 명문 여대의 석사학위가 있었기에 바로 박사과정으로 진학할 수 있을 거라는 막연한 기대감을 가지고, 무모하게도 고려대학교 상담심리학과 교수님께 면담을 요청했다.

면담을 기다리며 대기실에 앉아 있는 동안 두렵고 불안했다. '교수'라는 존재는 왠지 권위적이고 가까이하기 어려울 것이라는 선입견이 있었기 때문이다. 그러나 그 생각은 기우였다. 교수님은 나를 매우 인자하고 따뜻하게 맞아주셨고, 두서없고 장황한 내 이야기를 한 번도 끊지 않고 끝까지 경청해주셨다.

그 순간은 내가 지금까지 만나본 사람들과는 조금은 다른 품격을 느낄 수 있었던 소중한 만남으로 기억된다. 교수님께서는 박사과정에 입문하려면 상담심리학 학사학위나 석사학위가 있어야 한다고 말씀하셨다. 시각장애인인데 여러 가지로 힘들지 않겠느냐고 염려해주셨고, 현재 대전시에 살고 있다는 말에 교수님은 "정말 여기까지 다니는 게 괜찮겠어요?"라며 재차 물으셨다.

그러나 다른 말들은 거의 내 귀에 들어오지 않았다. 나는 무조건 할 수 있다고 대답했다. 오로지 이 학교에서 이 교수님께 배우고 싶다는 생각뿐이었다. 그리고 그런 나의 확고한 의지를 다시 한번 말씀드렸다. 2년 반 동안 공무원 시험을 준비하면서 어느 정도 공부하는 것에 대한 자신감도 생겼고, 무엇보다도 공부는 엉덩이로 끈기 있게 해야 한다는 것을 알고 있었다. 그런

점에서라면 자신 있었다.

　교수님과 상의 끝에 학사과정부터 공부하기로 했다. 고려대학교 평생교육원에서 1년 반 동안 상담심리학 과정을 이수하여 학위를 취득했다. 일주일에 두세 번 서울을 오가며 공부하는 동안 나는 단 한 번도 지각이나 결석을 하지 않았다.

　상담심리학과 학사과정을 이수하고 난 뒤에 곧바로 고려대학교 교육대학원 상담심리학과 석사과정에 지원했다. 2013년 크리스마스이브에 합격 소식을 전해 듣고 너무나 기뻤다. 드디어 2014년, 나는 그토록 원했던 고려대학교 교육대학원 상담심리학과 석사과정에 입학하게 되었다.

　학사과정을 밟는 동안 깨달았다. 심리학에서는 이론만큼이나 개인의 삶의 경험이 중요하다는 사실을. 나의 경험, 나의 삶은 상담에서 소중한 자원이 될 수 있었다. 그동안 나의 장애가 삶의 걸림돌이라고만 생각했는데, 오히려 걸림돌이 디딤돌이 될 수도 있다는 것에 놀랐다. 해볼 수 있겠다는 기대감이 생겼다. 그렇게 나는 기쁘고 뿌듯한 마음을 안고 석사과정을 시작했다.

왜 선글라스도 안 끼고
지팡이도 안 짚으세요?

하지만 기쁨도 잠시, 입학과 동시에 고난이 시작되었다. 일주일에 세 번씩 대전에서 서울을 오가는 것도 문제였지만 학사과정과는 확실히 느껴지는 무게감이 달랐다. 이른 아침 7시에 집을 나서서 활동지원사의 도움으로 기차역에 도착하면 그때부터는 역에서 근무하고 있는 공익요원들이 발권과 열차 타는 것을 도와주었다.

열차를 타기 전까지 대략 10~15분 정도 기다리는 시간이 필요했다. 매표소 바로 앞에는 어느 열차 역이든 공익요원이 나올 때까지 장애인들이 잠시 앉아서 기다릴 수 있는 의자가 설치되어 있다. 이 의자는 긴 스테인리스 파이프로 만들어져 있고 두 사람 정도 앉을 수 있는데, 폭이 좁아 옹색하기 짝이 없고 금속성이라서 겨울에는 너무나 차가워서 앉기가 꺼려질 정도였다. 아무리 잠깐 대기하기 위해 만들어진 의자라고는 하지만 그 의자를 볼 때마다 과연 장애인을 배려하여 만들어놓은 것인지, 전시용으로 만들어놓은 것인지, 의문이 들 정도였다. 물론 매표소 바로 앞은 사람들로 항상 복잡하고 좁은 공간을 최대한 활용하려니 어쩔 수 없었음을 이해 못 하는 건 아니지만 말이다.

열차 안에서는 승무원들이 승하차를 도와주었고, 서울역에 도착하면 플랫폼에 공익요원이 나와 내가 안전하게 지하철을 탈 수 있도록 안내해주었다. 고려대역에 도착하면 같은 과 동료가 마중을 나와주었다. 지하철 2-4칸. 우리는 늘 그 자리에서 만나 강의실까지 함께 이동했다. 그렇게 강의실에 도착하기까지 나는 여러 사람의 손길을 거쳐야 했고, 집으로 돌아갈 때는 이 과정을 다시 거꾸로 반복해야 했다.

하지만 대전과 서울을 오가는 동안 이런 과정들이 매번 순조롭게 진행되는 것은 아니었다. 공익요원이 나오지 않아 열차를 놓칠 뻔한 적도 여러 번 있었고, 지하철 환승을 해야 하는데 공익요원이 없어 당황한 경우도 부지기수였다.

언제였는지 정확하게 기억할 수는 없지만 처음 도착역에 공익요원이 나와 있지 않아 플랫폼에 혼자 남게 되었던 순간 나는 두렵고 몹시 당황스러웠다. 조금 기다려봐야겠다고 생각하여 제자리에서 두리번거리며 발을 동동 구르고 있다가 그래도 나오지 않자 출발역에 전화를 걸어야 했다. 114에 전화를 걸어 출발역 전화번호를 물었으나 한국철도공사 대표 전화를 안내해주었다. 열차역이나 지하철 플랫폼처럼 넓고 사람 이동이 많은 공간은 소음도 심하고 소리가 울려 퍼져, 오롯이 소리에 의존해야 하는 내게는 고도의 집중력이 필요했다. 게다가 대표 전화는 대부분 여러 번 내선 번호를 눌러야 연결되기 때문에 끈질긴 인내심도 요구되었다.

겨우 연결된 안내원에게 상황을 설명한 뒤 출발역 직통 번호를 알아내 다시 전화를 걸었고, 지금 바로 공익요원을 보내달라고 요청했다. 잠시 후 나온 그는 나를 보자마자 퉁명스럽게 말했다.

"아주머니, 제가 아까 아주머니를 봤어요. 그런데 아주머니가 시각장애인인 줄 몰랐어요. 선글라스라도 끼고 다니셔야 하는 거 아니에요? 그렇게 표가 안 나는데 제가 어떻게 알겠어요?"

공익요원이 나오면 따지려던 마음이었는데 그 말을 들으니 어처구니없게도 헛웃음이 나왔다.

"알았어요. 다음에는 선글라스를 꼭 끼고 다닐게요."

나는 이렇게 대답했고, 그 뒤로 나는 한동안 까만색 선글라스를 끼고 다녔다. 그러던 어느 날, 그날도 역시 공익요원이 나와 있지 않았다. 나는 또 전화를 해야 했고 잠시 뒤에 나온 그는 내게 이렇게 말했다.

"아니, 시각장애인 같지 않으시니 제가 알 수 없잖아요? 아까 나왔다가 아주머니가 아닌 줄 알고 도로 들어갔거든요."

내가 까만색 선글라스를 끼고 있는데도 몰라봤냐고 쏘아붙이듯이 말하자 그는 다시 짜증 섞인 목소리로 이렇게 말했다.

"요즘 쌍꺼풀 수술을 하고 까만색 선글라스를 끼고 다니는 여자들이 얼마나 많은 줄 아세요? 아주머니는 흰 지팡이를 왜 안 들고 다니세요?"

나는 더 할 말이 없었다. 도대체 이 사람들에게 시각장애인은 어떤 모습이어야 하는 걸까. 결국 그날 이후로 나는 그렇게 꺼려왔던 흰 지팡이를 들 수밖에 없었다. 나의 안전을 위해서도, 또 주변의 도움을 받기 위해서도 어쩔 수 없는 선택이었다.

처음으로 혼자 지하철을 타기 위해 깊게 심호흡을 한 뒤 안테나식 흰 지팡이를 꺼내 펼쳤을 때, 그 소리가 내 귀에는 마치 천둥소리처럼 크게 울렸다. 지하철 문이 열리고 지팡이로 발앞을 더듬으며 열차에 들어서자 사람들의 반응은 놀랍기도 하고, 때로는 웃지 못할 만큼 당황스럽기도 했다.

어떤 사람은 "아주머니 그거 왜 들고 다니슈?" 하고 묻기도 했고, 또 어떤 사람은 갑자기 지팡이를 잡아당기기도 했다. 깜짝 놀란 내가 "어머, 왜 그러세요?"라고 하면 "이쪽으로 와서 앉으라는 거야."라고 말하는 사람도 있었다. 또 어떤 사람은 혀를 쯧쯧쯧 차며 "참 얼굴도 예쁜데…."라고 했다. 그럼 나는 속으로

'얼굴 예쁜 건 무슨 상관이람?' 하고 생각했다. 가방이나 옷을 잡아당기는 사람들은 순간 나를 놀라고 당황스럽게 했다. 그래도 많은 사람들이 친절했고, 곁에 앉으라고 자리를 내어주기도 했다. 그러면 나는 "고맙습니다. 그런데 괜찮아요. 제가 다리는 튼튼하거든요."라고 말하며 사양하곤 했다.

내가 지하철을 타면 공익요원은 내가 탄 지하철의 출발지 열차 번호와 승차 칸의 번호를 도착하는 정거장에 전화로 알려준다. 그러면 도착지에 있는 공익요원이 미리 나와 나를 기다리는 것이다. 공익요원이 나와 있지 않을 때는 당황스럽고 화가 나기도 하지만 출발지에서 연락을 하지 않은 것인지 아니면 도착지에서 연락을 받고도 잊은 것인지 나로서는 알 길이 없었다.

또 공익요원이 나와 있지 않았던 어느 날에도 나는 얼른 역무실로 전화를 걸었다. 이런 상황이 화가 나기도 하지만 학교에 늦지 않아야 하겠기에 어쩔 수 없이 다른 사람의 도움을 받아야 했고, 학교 앞 지하철역에서 기다리고 있을 동료에게도 조금 늦을 거 같다고 얼른 전화를 해줘야만 했다.

이런 일이 빈번해지자 나는 더 이상 화를 참을 수 없게 되었다. 나는 플랫폼에 서서 작정하고 도착역에 전화를 걸었다. 잠시 후 나온 공익요원은 연락을 받지 못했다고 말했다.

"그래요? 그렇게 말하니 핑계 대는 것 같아서 제가 더 화가 나네요. 오늘은 학교에 지각을 하는 한이 있더라도 어떻게 된 일인지 자초지종을 알아야겠으니 역무실로 갑시다."

나는 단호하게 말했고, 그와 함께 역무실로 들어갔다. 여러 차례 이런 일이 있었지만 늘 학교가 우선이라 그냥 넘어갔던 터였다. 이번만큼은 출발역에 직접 전화를 해달라고 요청했다. 한참 통화를 하던 역무원은, 출발역에서 나를 열차에 태워준 공익요원이 도착역에 연락하는 것을 깜박 잊은 탓이라는 설명을 전하며 그제야 사과했다. 그들은 안도하는 기색이었지만, 나는 차분한 목소리로 꼭 하고 싶은 말을 전했다.

"제가 도착해서 공익요원이 나와 있지 않으면 얼마나 놀라고 당황스럽고 불안한지 아세요? 그래서 속상한 마음으로 역무실에 전화를 걸면 공익요원이 나오면서 죄송하다는 말 한마디를 먼저 해주신다면 화가 풀릴 텐데, 공익요원은 항상 '연락을 못 받았거든요?'라는 말부터 하세요. 그럴 때 나는 바로 그 말에 화가 나거든요. 그 말이 내게는 마치 핑계처럼 느껴져서요. 자기는 잘못한 게 없다며 합리화하는 것처럼 들려요."

역무실 직원들은 연신 사과하며 다시는 이런 일이 없도록 하겠다고 말했다. 이후에도 가끔 비슷한 일이 있었지만, 나는 더이상 예전처럼 크게 놀라거나 당황하지 않게 되었다. 주변 사람들에게 도움을 요청하고, 비상벨을 누르며 상황에 대처할 수 있을 만큼 마음의 여유도 생겼다.

그 경험은 단순히 지하철 이용의 불편함을 넘어, 내가 세상과 관계 맺는 방식이 조금씩 달라지고 있음을 알려주는 계기가 되었다. 예전의 나는 불편함을 참고 삼키거나, 한 번에 폭발해버리는 쪽에 가까웠다면, 이제는 내 감정을 알아차리고 설명하는 법을 배우고 있었다. 나는 상담 공부를 하며 배운 의사소통 방법들을 이런 실제 상황들에 적용해보기 시작했다.

그렇게 나는 길 위에서, 플랫폼 한가운데서, 보이지 않는 수업을 하나씩 통과하며 내 마음의 근육 역시 조금씩 단단해지고 있다는 것을 느낄 수 있었다.

Hearing과
Listening

대전과 서울을 오가느라 우여곡절을 많이 겪었지만 강의실에서 보내는 시간은 그야말로 감동 그 자체였다. 다시 학생이 되어 공부할 수 있다는 사실만으로도 설레고 행복감으로 충만했다. 훌륭한 교수님들의 귀한 강의를 들을 수 있다는 생각에 가슴이 벅차올랐다. 나는 단 한마디도 놓치고 싶지 않았다.

나이 때문에도, 장애 때문에도 동료들을 따라가기에는 역부족이라는 걸 알았다. 뒤처지지 않는 방법은 하나뿐이었다. 동료들보다 조금이라도 더 열심히 공부하는 것. 나는 교수님들께 양해를 구하고 매 강의를 녹음했다. 그리고 오고 가는 열차 안에서 녹음한 강의를 반복해서 들었다.

수업에서 장애인은 나뿐이었다. 간혹 나이가 들어 입학한 사람도 있었지만, 대부분은 자녀뻘 되는 학생들이었다. 나는 '나이가 많아서', '장애가 있어서' 뒤처진다는 말을 듣고 싶지 않은 마음에 더 맹렬하게 공부했다.

멋모르고 시작한 심리학의 길은 생각보다 험했다. 공부해야 할 분량에 압도되어 그만둘까 하는 생각도 여러 번 들었다. 하지만 내가 몰랐던 나와 타인의 모습을 조금씩 알아가는 재미가 있었고, 그 재미가 생각보다 쏠쏠했다.

수업 시간에 사용하는 전문 교재 외에도 읽어야 할 필독서들도 산더미 같았다. 나는 읽어야 할 전문 서적들을 바로바로 구입해서 읽을 수가 없었고, 그것들도 내가 읽기까지 수많은 과정을 거쳐야만 했다.

먼저 책을 구매하여 점자도서관에 맡기면 점자도서관에서는 그 책을 시각장애인이 읽을 수 있도록 특별하게 데이지* 파일이나 텍스트 파일로 만드는 과정을 거쳐야만 한다. 그러려면 시각장애인이 맡긴 책을 스캔하거나 일일이 워드로 쳐야 하는데 그러한 일들은 주로 봉사자들이나 아르바이트생들이 맡아서 해주었다. 책 한 권을 제작하는 데 대략 한 달 반에서 두 달이 걸렸다. 물론 그들이 내 책만 만드는 것은 아니었기에, 실제로는 더 오래 기다려야 하는 경우도 많았다.

완성된 파일을 점자도서관에서 내 컴퓨터로 전송해주면, 내

---

* DAISY는 Digital Accessible Information System의 약자로, 시각 장애인이나 독서 장애인을 위한 국제 디지털 문서 형식이다.

컴퓨터에는 텍스트 파일로 저장된다. 나는 그것을 '센스리더' 같은 음성지원 소프트웨어로 읽거나, 휴대용 음성지원 기기로 읽을 수 있었다. 휴대용 기기를 이용하면 어디서든 책을 읽을 수 있었다.

이렇게 여러 단계를 거치다 보니 어떤 책은 한 학기가 거의 끝나갈 무렵에야 제작되기도 했다. 그래서 한 학기를 마치고 나면 다음 학기 수강 신청 전에 교수님이나 선배에게 미리 물어 교재 목록을 확보했고, 책을 미리 구입해 제작을 맡겼다. 이런 과정을 매 학기 반복해야 했다. 반대로, 내가 읽어야 할 책이 국립장애인도서관이나 복지관, 점자도서관 등에 이미 제작되어 있을 때는 그렇게 반가울 수가 없었다.

그렇게 마련한 책들을 나는 오가는 열차 안에서, 공강 시간에, 누군가를 기다릴 때, 잠들기 전과 새벽에 일찍 깼을 때까지 손에서 놓지 않고 부지런히 읽었다.

책을 읽어가며 모르는 것들을 알아가는 것은 여간 재미있는 일이 아니다. 책 속에 빠져 흥분하고 설레고 때로는 감동의 눈물을 흘리기도 하고…. 이러한 모습들을 누군가가 보고 있다면 마치 내가 미친 사람처럼 보였을 것이다. 그렇게 책을 읽는 과정도 결코 쉽지 않았지만 그래도 내가 책을 읽을 때의 행복은 무엇과도 바꿀 수가 없는 소중한 시간이었다.

내가 책을 읽을 때 사용하는 기기에는 책을 읽어주고 녹음도 할 수 있는 두 가지 기능이 있다. 큰 용량의 파일을 저장하고 싶을 때는 그 기기에 SD카드를 집어넣어 이용할 수 있어서 나는 강의 녹음용과 책 저장용으로 SD카드로 구분하여 사용했다. 하루에도 오랜 시간 기기를 손에서 놓지 않다 보니, 얼마 지나지 않아 기계가 몹쓸 정도로 망가지고 말았다. 이렇게 갑자기 고장 나면 정말 막막했다. 곧바로 새로 살 수 있는 물건이 아니었기 때문이다. 나중에는 수소문해 사용하지 않는 동료의 기기를 개인적으로 몇 차례 구입해 쓰기도 했다.

글을 써내려가는 것 또한 난관이었다. 내가 경험한 것들과 책에서 읽은 내용들과 이론적으로 배운 것들을 글로 쏟아낸다는 것이야말로 멋진 일임은 분명했지만, 그것을 스스로 컴퓨터로 작업해야 한다는 점이 결코 쉽지 않았다.

센스리더는 키보드를 칠 때마다 내가 무엇을 입력하는지 음성으로 알려준다. 하지만 타이핑을 하다 보면 커서가 엉뚱한 곳으로 이동하기 일쑤였고, 쓰던 내용이 통째로 사라져버려 그것을 찾느라 애를 먹는 일도 여러 번 있었다.

그런 일을 몇 차례 겪고 난 뒤, 과제를 할 때는 활동지원사가 내 옆에 함께 앉아주었다. 내가 내용을 입력하고, 문제가 생기면 활동지원사가 그것을 바로잡아주었다. 그렇게 해서 모든 과제물을 남의 손에 맡기지 않고 내 손으로 끝낼 수 있었다.

시각장애인에게 꼭 필요한 컴퓨터 음성지원 소프트웨어나 휴대용 독서기, 노트북 같은 기기들은 생각보다 상당히 고가였다. 성능이 좋아서라기보다 희소성 때문일 것이다. 연구개발비에 비해 판매량이 적으니 가격이 비쌀 수밖에 없다는 생각이 들었다. 그래서 대부분은 정부가 1년에 한 차례 시행하는 정보화 기기 지원사업을 통해 구입한다. 그렇게 하면 비교적 저렴하게 살 수 있지만, 재구매까지 보통 5년 정도가 걸린다. 게다가 기기를 제대로 활용하려면 별도의 시간을 내어 사용법을 배우고 익혀야 한다. 어느 것 하나 쉬운 게 없었다.

그래도 기기를 자유롭게 다룰 수 있게 되면서 독서 속도도 점점 붙었다. 한 권을 읽는 데 필요한 시간도 조금씩 줄어들었다. 반복해서 읽고, 이해가 가지 않는 부분은 녹음된 교수님의 강의를 다시 들으며 정리하다 보니, 어느새 내 머릿속에는 심리학의 계보와 맥락이 그려지기 시작했다. 학파와 학자들의 이론들이 서서히 자리를 잡았고, 수많은 심리학자 중에는 내가 유독 좋아하는 학자도 생겼다.

상담사가 되려면 이론 공부뿐 아니라 반드시 수련 과정도 거쳐야 한다. 수련 과정에서 내가 가장 힘들었던 것은 '공감'이었다. 내 마음에는 '너희가 게 맛을 알아?' 같은 뾰족하고 모난 감정들이 남아 있었다. 그래서 누군가 진심으로 건네는 위로나 격려조차 '내 마음을 알 리가 없어…'라며 왜곡해 받아들이곤 했다. 나 역시 상대에게 건네는 말이 마음이 아니라 머리에서 나오는 말이었음을, 그때는 스스로도 모르고 있었다.

수련 과정에는 실제 내담자 상담 장면을 영상으로 촬영하고, 교수님이 내 상담 장면을 동료들 앞에서 철저히 분석하는 슈퍼비전 시간이 있다. 한마디로 난도질을 당하는 시간이다. 상담자의 태도, 표정, 말투, 제스처, 공감 능력…. 무엇을 지적당할지 숨이 막힐 정도로 긴장됐다.

나는 내담자의 얼굴을 볼 수 없기에 더욱 귀 기울일 수밖에 없었다. 오롯이 음성으로 말의 내용과 결을 읽어야 했다. 말의 내용과 일치하지 않는 감정까지 놓치지 않으려 애써야 했다. 잔인하리만큼 냉정한 교수님의 말은 때로 날카로운 칼날이 되어 내 폐부 깊숙이 박히는 것 같았다. 아팠다. 얼굴로 흐르는 눈물보다 가슴에서 더 깊은 울음이 올라오는 것을 느꼈다. 그러나 내색하지 않으려 애썼다. 목구멍으로 넘어오는 눈물을 꾹 삼키며 오기로 버텼다.

그러다 결국 어느 날, 나는 교수님에게 이렇게 말하고 말았다.

"그 부분은 제가 보이지 않으니 어쩔 수 없잖아요."

그러자 교수님이 단호하게 말했다.

"언제까지 보이지 않는다는 것을 핑계로 삼으실 건가요?"

그 말에 머리가 띵해졌다. 그동안 내 마음 깊은 곳에 '나는 보이지 않으니 너희가 더 배려하고, 더 돌보고, 더 챙겨줘야 해'라는 무의식이 자리하고 있었음을 깨달은 순간이었다. 어쩌면 나는 그동안 수많은 사람들에게 받아온 배려와 돌봄을 잊고 있었는지도 모른다. 이상하게도, 그토록 날카로운 말이 오히려 후련하게 느껴졌다.

슈퍼비전을 마치고 수료증을 받던 날, 교수님은 내게 이렇게 말했다. 나에게는 다른 사람들보다 더 힘든 과정이었을 것이고, 다리에 돌을 하나씩 매단 채 모래밭을 뛰어온 것 같았을 것이라고. 그것은 내가 그 교수님에게서 들은 처음이자 마지막 칭찬이었다.

수련 과정 동안 내 마음속의 뾰족하고 날카로운 것들이 깨지고 잘게 부서질 때마다 나는 엄청난 눈물을 쏟아야 했다. 그 시간은 많이 아팠지만, 흘린 눈물만큼 소중한 시간이었고 그만큼 나를 성장시키는 시간이기도 했다.

그래서 이제 나는 내가 깨어지는 시간이 두렵지 않다. 오히려 그 시간을 기꺼이 받아들이고, 때로는 즐기려 한다. 그리고 무엇보다 깨달았다. 경청하고 공감한다는 것은 참으로 어렵고 힘든 일이라는 것을. 그동안 우리가 나눠온 대화가 얼마나 허술했는지도 알게 되었다.

요즘에 사람들은 대부분 핸드폰에서 눈을 떼지 못한다. 그러면서 상대방과 대화하고 있다고 착각한다. 하지만 그것은 대화가 아니다. 청각장애인이 아니라면 상대방의 말을 들을 수 있을 테지만 그것은 그저 들리는 것이다. 이것을 영어로 표현하면 더욱 선명하게 다가온다. 굳이 들으려 하지 않아도 주변의 소리가 들리는 것은 'hearing'이며 타인의 말에 귀 기울이고 자신의 적극적 의지를 가지고 듣는 것은 'listening'이다.

상담을 배우며 내가 달라진 것이 있다면 바로 '듣는 법'을 제대로 배운 것이다. 누군가와 대화할 때 나는 눈이 보이지 않더라도 말하는 사람이 있는 방향을 끝까지 바라본다. 그러면 상대는 내가 시각장애인이라는 사실을 잊은 채 자신의 이야기 보따리를 풀어놓는다. 그러다 문득 "어머, 저랑 눈을 맞추고 계시네요."라고 말하기도 한다. 나는 그 사람의 눈을 '보는' 것이 아니라 소리가 나는 방향을 '향해' 있을 뿐인데, 그 작은 몸짓 하나가 상대에게는 '내 말을 경청해주고 있다'는 감각으로 전달되는 것이다.

이렇게 듣는 법을 배우고 나서야, 예전에는 미처 듣지 못했던 것들이 들리기 시작했다. 머리로는 상대의 말을 따라가면서 마음도 함께 따라가고 있었다. 그러다 보니 자연스럽게 상대의 표정과 마음이 읽히는 듯했고, 나는 고개를 끄덕이거나 감탄사를 내거나 적절한 추임새를 넣는 일이 어느새 자연스러워졌다.

결국 경청이란 귀로만 듣는 것이 아니라, 온몸으로 듣는 것이었다.

수많은 심리학자와의
앙상블

    내가 가장 좋아하는 심리학자를 꼽는다면, 자아 정체성을 연구한 에릭 에릭슨Erik Homburger Erikson과 의미 치료의 빅터 프랭클 Viktor Frankl 그리고 인간 중심 심리학자의 대가인 칼 로저스Carl Rogers이다.

    에릭 에릭슨을 설명하기 전에 그의 스승인 프로이트를 빼놓을 수 없으므로 먼저 그의 이론을 잠깐만 짚어보자. 프로이트는 인간의 의식 세계 아래에 '무의식'이 존재하며, 우리가 일상에서 무심코 하는 행동이나 순간적으로 치솟는 감정에 무의식이 크게 작용한다고 보았다. 감정은 물론이고, 우리는 사회적 존재이기에 이성으로 욕망을 억압하며 살아간다는 것이다. 다시 말해, 일상에서 자신도 모르게 하는 행동과 마음속에서 올라오는 감정의 많은 부분이 무의식의 영향을 받는다는 뜻이다.

    무의식은 인간의 내면 깊숙이 자리한 생각과 욕망이며, 우리가 인지하지 못하는 불안감이나 특정한 습관에도 영향을 준다.

프로이트는 이러한 무의식의 토대가 보통 서너 살 무렵 형성되고, 성격이 어느 정도 굳어지면 평생 크게 변하기 어렵다고 보았다.

이를 우리에게 익숙한 속담인 '세 살 버릇 여든까지 간다'로 표현할 수 있을 것이다. 프로이트의 관점에서는 성숙해지기 위해 끊임없이 무의식을 의식화하려는 노력이 필요하다.

반면 에릭 에릭슨은 인간의 성격이 죽는 날까지도 성장할 수 있다고 보았다. 그는 인간이 언제든 성장할 수 있다는 가능성을 열어두었다. 에릭슨은 삶의 전 과정에서 '정체성'을 찾아가는 일이 중요하다고 했고, 그 과정에서 결정적인 시기에 만나는 사람들의 영향 역시 중요하다고 보았다.

예를 들어, 영아기에는 부모나 양육자가 중요하고, 학령기에는 친구가 중요하며, 청년기에는 인생의 동반자를 만나는 것이 중요하다고 말한다. 노년기에는 각자의 삶에서 '중요한 타자'가 성숙에 영향을 준다고 보았는데, 그 타자가 누구인지는 사람마다 다를 수 있다.

에릭슨의 이론을 우리나라 속담에 비유한다면 '철들자 망령이라'이 알맞을 것 같다. 죽음에 임박해서까지도 인간은 성숙해질 수 있다는 가능성을 열어놓고 있어 그 부분이 나의 마음을 사로잡았다.

그리고 다음으로 빅터 프랭클이다. 프랭클은 『죽음의 수용소에서』라는 책으로 우리에게 잘 알려진 정신과 의사이면서 심리학자다. 그는 의미 치료LoGo Therapy를 만들기도 했다. 그는 제2차 세계대전 중에 단지 유태인이라는 이유만으로 자신에게 가장 소중했던 모든 것들을 독일의 나치에게 모두 빼앗기고 말았다. 자신의 아내와 가족들은 아우슈비츠 수용소의 가스실에서 연기로 사라졌고, 그리고 자신이 그동안 심혈을 기울여서 연구했던 논문들도 모두 빼앗기고 말았다.

프랭클의 책을 읽는 동안 예전에 보았던 영화 〈쉰들러 리스트〉의 장면들이 오버랩되어 더욱 생생하게 다가왔다. 영화에는 아우슈비츠 수용소에 도착한 유태인들을 나치들이 그들의 옷을 모두 벗기고 머리끝부터 발끝까지에 있는 모든 털을 솜털조차 남기지 않고 제거하게 하는 장면이 나온다. 처음에 그들은 옷을 벗지 않으려고 완강하게 저항해보지만, 나치들의 무참한 폭력 앞에 무기력하게 굴복할 수밖에 없었고, 결국은 온몸에 털끝 하나도 남기지 않고 제거된다. 그 속에서 제각각 자신이 가장 소중하다고 여겨왔던 것들을 하나씩 잃어갈 때 유태인들의 마음이 비춰지는 것만 같았다. 모멸감, 수치심, 굴욕감, 분노…. 그 심정을 어떻게 헤아릴 수 있겠는가. 어떤 말로 다 담아낼 수 있겠는가.

또 나치들은 유대인들을 일렬로 세워 놓고, 한 사람씩 통과시키며 손끝으로 왼쪽과 오른쪽을 가리켜 갈라놓는다. 그 손짓이 곧 가스실로 가 죽음을 맞이하느냐, 그날은 살아남아 노동을 하느냐를 가르는 신호라는 것을 그들은 알지 못했다.

그 사실을 나중에 알게 된 프랭클은 어떻게든 살아남기 위해 필사적이었다. 기회가 있을 때마다 주운 유리 조각으로 얼굴을 긁어 피를 내어, 혈색이 좋아 보이도록 꾸미며 살아남으려 애썼다. 그러면서 그는 비로소 깨닫는다. 이전에 자신이 당연하게 누렸던 것들이 얼마나 소중했는지를. 가족, 연구, 그리고 일상에서 느낄 수 있었던 찬란한 햇살, 어디선가 들려오던 바이올린 선율, 향기로운 커피 냄새….

늘 곁에 있었기에 소중함을 몰랐던 것들. 의미가 있다고 생각해본 적조차 없던 것들. 그러나 모든 것을 잃고 난 뒤에야, 그 시간들이 얼마나 가치 있고 귀했는지 절절히 알게 된 것이다.

프랭클이 말하는 '의미'는 처음부터 정해져 있는 것이 아니라, 내가 의미를 부여하는 순간 내게 빛나는 것으로 다가오는 것이다. 그 사실을 깨달은 그는 반드시 살아서 연구를 완성하겠다는 간절함을 품게 되었고, 그 마음이 수용소 생활을 버티게 한 유일한 희망이 되었다.

같은 상황 속에서도 어떤 사람은 살고, 어떤 사람은 죽음을 선택한다. 살아남은 사람들을 보면, 불확실한 미래 속에서도 희망을 붙들고 시간을 견딘 이들이었다고 한다. 반대로 절망만을 바라본 사람들은 죽음으로 기울기 쉽다고 한다.

　이곳에 들어올 때는 희망을 버리고 올지어다.

이 문장은 단테의 『신곡』 속 지옥의 입구에 새겨진 문장이다. 희망이 사라진 곳이 곧 지옥이라는 뜻일 것이다.

우리는 종종 누군가의 자살 소식을 접한다. 결국 중요한 것은 '누가 더 힘드냐 덜 힘드냐'가 아니라 '힘든 상황 속에서도 무엇을 바라보느냐'일지 모른다.

나 또한 시각장애인이 된 뒤 모든 것을 잃었다고만 생각했다. 그 이전에 내가 누렸던 것들이 얼마나 소중했는지 깊이 생각해 본 적이 거의 없었다. 돌이켜보면 나는 경제적으로 큰 곤란을 겪어본 적도 별로 없었다. 부모님도 늘 건강하셔서 입원하시거나 자리보전하신 모습을 본 기억도 없고, 두 분이 부부 싸움이 잦았던 것도 아니었다. 비교적 안정되고 평화로운 가정에서 자랐다고 할 수 있다. 그런데 시력을 잃고 나서야, 내가 얼마나 많은 것을 가지고 있었는지, 그것들이 내게 얼마나 크고 귀한 것이었는지 늦게나마 깨달았다.

사람들은 일이 틀어지면 타인 탓, 환경 탓을 하곤 한다. 그러나 성숙한 사람이라면 남 탓을 하기보다, 그럼에도 불구하고 그 안에서 의미를 찾으려 한다. 프랭클의 『죽음의 수용소에서』는 그런 점에서 내게 삶의 의미를 다시 깨닫게 해주었다. 마치 산을 오를 때는 보지 못한 꽃을 내려오며 비로소 발견한 것처럼.

마지막으로 소개할 심리학자는 칼 로저스다. 로저스는 원래 목사로서 신의 존재를 우선하던 사람이었지만, 목회 활동을 하며 '신'보다도 '인간의 마음'을 먼저 헤아려야 한다고 느끼게 되었고, 그 과정에서 인본주의 심리학자로 자리 잡았다. 그는 상담자라면 인간을 있는 그대로 존중하고, 상대의 말을 적극적으로 경청하며, 진솔하게 귀 기울여야 한다고 말한다.

우리는 하루에도 많은 사람과 대화를 나눈다. 하지만 정작 상대의 말에 귀 기울이기보다, '내 마음을 알아달라'고 일방적으로 말하는 것을 대화라고 착각할 때가 많다. 그러면서 상대의 말에 상처받은 나만을 붙들고, 미워하고, 화내고, 분노하고, 외면하기도 한다.

많은 사람은 자신을 '무심코 던진 돌에 맞아 죽은 개구리'라고 생각할 뿐, 정작 자신이 돌을 던졌다고 말하지 않는다. 우리는 자신의 기준에 맞춰 상대를 바라보며 비교하고 평가한다. 때로는 무시하고 비난하기도 한다. '상대를 위해서'라며 충고나

조언을 서슴지 않을 때도 있다.

성경의 마태복음 15장 11절에는 이런 말이 있다. "입으로 들어가는 것이 사람을 더럽게 하는 것이 아니라, 입에서 나오는 것이 사람을 더럽게 한다." 상대를 있는 그대로 존중하는 일이 결코 쉽지 않다는 것을 새삼 깨닫게 해주는 문장이다. 나라고 해서 이 문제에서 완전히 자유로울 수 있겠는가. 그럼에도 이 문장을 늘 마음에 새기고, 가능하면 삶에서 실천하고 싶다.

상담사가 되기 위해 '상대를 있는 그대로 존중하는 일'은 필수다. 하지만 그것을 머리로 아는 것과, 마음으로 받아들이는 것 사이에는 큰 거리가 있다. 고故 김수환 추기경이 말했듯, 머리에서 마음까지의 거리는 멀다. 그래서 그 거리를 좁히기 위해서는 많은 시간과 피나는 노력이 필요했다.

나 역시 매 순간 상대방의 말을 제대로 듣지 못하고, 내 마음만 앞세울 때가 많다. 그러나 상담사로서, 그리고 한 사람으로서 진정한 관계를 맺기 위해서는 머리로 아는 것에 그치지 않고 마음으로 받아들이는 훈련을 끊임없이 이어가야 한다. 존중과 경청은 하루아침에 완성되는 것이 아니라 작은 순간들의 반복 속에서 비로소 쌓이는 가치임을 깨닫는다.

오늘도 나는 많은 심리학자들을 스승삼고 나아간다.

교수님, 아무래도
제가 미친 것 같아요

학문을 통해서 내게 영향을 준 심리학자들을 소개했는데, 그들보다 더 직접적으로 내게 영향을 주신 빼놓을 수 없는 분이 한 분 계신다. 바로 고려대학교 상담심리학과에서 30년을 재직하시고 지금은 명예교수로 계시는 한성열 교수님이시다.

한성열 교수님의 아버지는 목사님이시면서 1950년대에 미국으로 건너가 칼 로저스로부터 직접 학문을 사사師事한 분이셨고, 우리나라에 상담심리학이라는 학문을 처음으로 소개하신 분이시기도 하다. 교수님 집안에서는 아들이 목사가 되는 것을 원했지만 교수님은 심리학자의 길을 선택하셨다고 했다. 우리나라에서 이미 교수님에 대한 명성은 널리 알려져 있어 굳이 내가 설명하지 않아도 많은 분이 잘 알고 계시리라고 본다. 여기에는 내가 경험한 교수님에 대한 몇 가지 에피소드만을 말해보려고 한다.

교수님은 누구를 만나든 몸소 상대의 말에 귀 기울여주시고,

있는 그대로 존중해주시는 분이라는 것을 처음 만난 사람도 바로 느낄 수 있다. 내가 처음 교수님을 뵈었을 때도, 평소 사람들과 대화할 때와는 결이 다르다는 느낌을 받았다. 교수님의 강의를 들으며 감동을 받기도 했고, 나의 내면을 들여다보게 되기도 했다. 그러다 그 속에서 아파하고 힘들어했던 여린 나를 발견하고, 안쓰럽고 서글퍼서 울 때도 있었다. 이런 사람이 비단 나뿐만이 아니었다. 교수님의 강의 시간에 여기저기서 훌쩍이는 소리가 나는 것은 낯선 일이 아니었다.

한번은 이런 일이 있었다. 학교에 입학하고 보니 대부분이 내 자녀뻘 되는 20대, 30대 초반 학생들이었다. 나는 강의를 녹음해야 했으므로 어쩔 수 없이 맨 앞줄에 앉아 듣고 있었다. 그날은 프로이트의 방어기제에 대해 배우고 있었다. 인간은 누구나 방어기제를 사용한다고 한다. 방어기제는 크게 미성숙한 방어기제와 성숙한 방어기제로 구분되며, 미성숙한 방어기제에도 여러 종류가 있다. 그 시간에는 신경증적 방어기제에 속하는 '꾀병'에 대해 설명하시려던 참이었다.

교수님은 어릴 때 누구나 한 번쯤은 꾀병을 부려봤을 거라고 말씀하셨다. 나는 곧바로 "저는 한 번도 꾀병을 부려본 적이 없어서 잘 모르겠는데요?"라고 말했다. 그러자 교수님께서 정색하시더니 내게 "너는 웬 정신병자 같은 소리야!" 하며 큰소리로 말씀하시는 것이었다.

그 말씀에 나는 깜짝 놀랐고 당황이 되어 얼굴이 시뻘게졌다. 그동안 그렇게 인자하게만 보였던 교수님의 모습과는 너무도 다른 모습이었다. 게다가 내가 나이가 많은 축에 속했으므로 동료들 앞에서 망신을 당한 것 같아 얼굴이 후끈 달아올라 마치 만화영화에서 나오는 그림처럼 내 코와 귀에서는 김이 뿜어져 나오는 것만 같았다. 아니 이럴 수가! 어떻게 나에게 이럴 수가 있단 말인가! 심장은 벌렁거리고 얼굴이 화끈거려 앉아 있기도 힘들 정도였다. 그다음은 교수님이 무슨 말씀을 하시는지 전혀 귀에 들어오지 않았다.

잠시 쉬는 시간이 끝나고 다시 강의를 시작하게 되었을 때 도저히 참을 수 없는 이런 나의 심정을 말씀드려야 할 것 같았다. 강의가 다시 시작되기 전에 나는 용기 내어 교수님 앞에 섰다.

"교수님, 아까 제게 그렇게 말씀하신 것은 너무 심하신 거 아닌가요?"

"오호… 그랬냐? 내가 심했으면 미안하다."

교수님은 짧게 말씀하시고는 마치 아무 일도 없었다는 듯이 다시 강의를 시작하셨다. 어처구니가 없었다.

그런데 신기하게도, 그렇게 펄펄 끓고 가라앉지 않던 내 마음이 교수님의 그 한마디에 스르르, 봄날 눈 녹듯 풀려버렸다. 그

짧은 시간 동안 지옥과 천국을, 냉탕과 온탕을 오간 기분이었다.

시간이 흐른 뒤 그때를 돌이켜보니, 나는 '많은 사람 앞에서 망신당했다'는 감정에 사로잡혀 있었다. 그와 동시에 그동안 꾹꾹 눌러 참아왔던 마음속 억울함과 분노, 설움이 교수님의 한마디로 건드려졌던 것 같다. 또 나의 장애를 이해해주지 않는 것만 같아 교수님이 원망스럽기까지 했던 것 같다. 한편으로는, 내가 장애인이라는 이유로 다른 사람들과는 조금 '특별한 대우'를 받고 싶은 마음이 내 안에 자리하고 있었던 것을 교수님이 간파하시고, 그 상황을 직면하게 해주신 건 아닐까 싶다.

'나는 남들과 달라. 나는 특별한 사람이야.'라는 생각은 사실 열등감에서 비롯된 오만함일 수 있다. 정말로 미친 사람은 자신이 미쳤다는 사실을 모른다고 한다. 나도 내가 '미친년'인 줄은 정말 몰랐는데, 어느 날 내 입으로 교수님 앞에서 "정말 제가 미친년인가 봐요."라고 말하는 날이 오고야 말았다.

그렇게 조금씩 나를 깨달아가던 어느 날, 문득 이렇게 미친 듯이 공부하는 나 자신이 미친 것처럼 느껴졌다. 그날도 수업을 받으러 강의실로 들어갔는데 마침 교탁 옆에서 조용히 책을 읽고 계시는 교수님을 보고는 나는 이렇게 말했다.

"교수님, 아무래도 제가 미친 것 같아요."

"그럼 네가 미쳤지. 미치지 않고서야 어디 그러고 다니겠냐?"

교수님은 껄껄 웃으셨다.

"정말이에요. 정말 제가 미친 것 같다니까요?"

진지하게 다시 말씀드리자 교수님은 이렇게 말씀하셨다.

"그런데 말이다. 미치는 것도 곱게 미치는 것과 더럽게 미치는 것이 있지."

그 한마디에 나를 비롯해 그 자리에 있던 사람들이 한바탕 웃었다.

여름방학과 겨울방학에도 쉬지 않고 상담 세미나와 집단상담에 참여하여 배웠다. 그해도 어김없이 선후배들이 함께 만나 3박4일 동안에 미친 듯이 자신의 이야기들을 쏟아내며 울고 웃었다. 그러면서 마음에 맺혀있던 응어리들을 조금씩 풀어냈다.

사실 집단상담에서 내가 가장 힘들었던 것은 함께하는 사람들에게 공감해주는 일이었다. 이론으로는 공감이 얼마나 큰 위로와 지지가 되는지, 아픔을 치유하는 데 얼마나 효과가 있는지 알고 있었지만, 막상 마음처럼 되지 않아 답답하기만 했다. 무엇이 문제인지 아무리 생각해도 알기 어려웠다.

어느 날, 한 학생이 아무도 자신을 이해해주지 못한다며 펑펑 울고 있었다. 그 학생은 어릴 적부터 그림 그리기를 좋아해서 미대를 진학 하기를 원했지만 부모님의 반대로 법대에 갔고, 대학에 입학만 하면 그 학생이 원하는 대로 무엇이든 다 들어주겠노라고 약속을 했단다. 그러나 막상 그녀가 법대에 진학하자 부모님은 법대까지 갔는데 판사를 해야지 무슨 그림 공부냐며 그녀의 말을 무시해버리고 말았다. 그러면서 부모님은 그녀가 공부에 매진 하기만을 원했고 다그치자 그녀는 더 이상 공부에서 손을 놓아버렸으며 급기야 낙제까지 하게 된 것이었다.

그 이야기를 듣는 동안 나는 마치 내가 부모가 된 것처럼 가슴이 아팠다. 그 학생에게 그림이 그렇게 소중하다는 걸 몰라준 게 미안하다는 마음이 들었고, 단 한 번만이라도 부모님이 그녀의 말에 귀 기울여주었더라면 어땠을까 싶었다.

그 순간, 왜 내가 공감을 어려워했는지 알게 되었다. 누군가가 조금이라도 나를 이해한다는 듯한 말을 하면, 내 안에서는 '네가 나를 이해한다고? 흥, 네가 내 마음을 어떻게 알아?'라는 반발이 먼저 올라왔다. 이미 상대가 내 아픔을 알 수 없을 거라고 전제하고 있었으니, 상대 마음의 소리를 들을 수 없었던 것이다. 또한 나는 내 마음을 온전히 표현하는 방법을 몰라, 결국 '내 생각'만 설명하려 애쓰고 있기도 했다.

그 학생의 부모처럼 나도 때로는 상대에게 일방적이고 강압적으로, 지시하고 명령하는 말투로 대했고, 때로는 침묵으로 상대의 말을 무시한 적도 있었다. 그러면서도 상대가 내 마음만 알아주길 얼마나 간절히 원했는지, 그제야 깨달았다.

집단상담을 거듭하면서 이 세상에서 나만 아프고 힘든 게 아니라 모두가 크고 작은 상처로 아파하고 있다는 것을 알게 되었다. 그리고 그 아픔은 타인과 비교해서 더하고 덜한 것을 구분할 수 없다는 사실도 깨닫게 되었다.

발레를 전공한 나는 스스로를 예술가라고 칭했었는데, 알고보니 상담이야말로 진정한 예술 같았다. 한 사람의 인생이 어찌예술이 아니겠는가. 한 사람 한 사람의 살아온 이야기를 들을때마다, 힘들어하는 그 사람에게 필요한 것은 조언도 충고도 훌륭한 학자의 말도 아니었다. 그저 그 사람 편에 서서, 그 사람 이야기를 잘 들어줄 단 한 사람이 필요할 뿐이었다. 그러다 보면말하는 사람은 자연스럽게 마음을 털어놓게 된다.

우리 마음에는 외부의 크고 작은 사건들로 인해 해결되지 못한 감정의 찌꺼기가 쌓인다. 그러다가 또 다른 충격이 가해지면, 묻어두었던 감정이 마치 쓰레기더미를 헤집어놓은 것처럼 어지럽혀진다. 쓰레기를 아무 데나 버리면 안 되듯, 마음속 쓰레기를 쌓아두거나 타인에게 전가해서도 안 될 것이다.

이럴 때 잠시 마음을 들여다보고, 버릴 것과 가지런히 할 것을 가려보면 좋겠다. 그것은 마음속에 켜켜이 쌓여 음습하게 자리 잡은 곰팡이를 햇볕에 말려 뽀송하게 만드는 일과도 같다.

마음의 정리정돈. '정리'는 필요 없는 것을 버리는 것이고, '정돈'은 남은 것을 가지런히 하는 것이다. 결국 마음을 닦는 일은 스스로 해야 하며, 한 번으로 끝나는 일도 아닐 것이다. 상담사는 내담자가 그 일을 할 수 있도록, 정리하고 정돈해야 했던 그 시간으로 함께 돌아가 동행해주는 사람이다.

그러니 내 장애는 분명 불편하지만, 그 불편함이 곧바로 '내가 더 아프다'는 증거가 되지는 않는다. 타인의 아픔과 비교해 우위를 다툴 수 없는 것처럼 말이다.

학기 마지막 날, 모두가 한자리에 모여 식사를 하는데 한 여학생이 교수님께 다가가더니 "안아주세요."라고 했다. 그러자 교수님은 "오, 그래." 하시며 그 여학생을 한참 동안 꼬옥 안아주셨다. 나는 많은 사람 앞에서 주저 없이 안아달라고 말하는 그녀의 용기도 놀라웠고, 그 부탁을 너무도 자연스럽게 받아주시는 교수님도 놀라웠다. 한편으로는 부럽기도 했다.

대체 어디에서 저런 용기가 나오는 것일까? 궁금하기도 했다. 나도 그 여학생처럼 해보고 싶었다. 그런 말을 할 생각조차 못 해봤던, 용기 없는 나 자신을 알아차렸기 때문이다. 그 안에는 시기심도 있었다.

"너는 어쩜 교수님께 그런 말을 아무렇지도 않게 할 수 있니?"

그녀가 옆에 오자 바로 그녀에게 묻던 내 말을 곁에 계시던 교수님께서 들으시고 "너도 한번 해보렴." 그러시는 게 아닌가! 나는 금세 쑥스러워 "저는 못하겠는데요."라고 말했다. 교수님께서는 다시 한번 "너도 안아주랴?" 물으셨다. 그 말씀과 곁에 있던 여학생의 부추김에 이끌려 나는 어색하고 어정쩡한 태도로 교수님 앞으로 나아갔다.

교수님은 그 여학생에게 하셨던 것처럼, 나를 한동안 꼭 안아주셨다. 그리고 신기하게도 내 마음속에 있던 그 여학생에 대한 부러움과 시기심은 온데간데없이 사라져버렸다.

시간이 조금 흐른 뒤에야 나는 교수님의 그 모습을 깊이 이해할 수 있었다. 마음의 상처로 아파하는 사람이라면 누구에게나 그렇게 따뜻하게 안아 위로해주고 싶어 하시는, 교수님만의 표현이었다는 것을.

사람이 온다는 건
실은 어마어마한 일이다.
그는
그의 과거와
현재와
그리고

그의 미래와 함께 오기 때문이다.

한 사람의 일생이 오기 때문이다.

부서지기 쉬운

그래서 부서지기도 했을

마음이 오는 것이다 – 그 갈피를

아마 바람은 더듬어볼 수 있을

마음,

내 마음이 그런 바람을 흉내 낸다면

필경 환대가 될 것이다.

-정현종 '방문객'

장애인에게도
자립이 필요하다

석사과정 중이던 2014년, 나는 대전시에 '장애인자립생활대학'을 만들게 되었다. 그때 이미 나는 서울과 부산에 있는 장애인자립생활대학에 강의를 나가고 있었는데, 대전시에도 이러한 학교가 있었으면 좋겠다는 바람을 대전의 장애인단체장들과 여러 차례 논의하여 어렵사리 설립하게 되었다.

장애인의 자립생활이란 개념은 1970년대 미국을 중심으로 체계화되어 발전되었는데 우리나라에는 1990년도 후반에 도입된 개념이다. 아메리칸헤리티지사전American Heritage Dictionary에는 '자립'이 이렇게 정의되어 있다.

외적인 힘에 의하여 통제되지 않는 것, 타인의 영향, 통제 등으로부터 자유로운 것, 타인 또는 다른 것에 의하여 결정되거나 좌우되지 않는 것, 타인의 지원이나 보호에 따르지 않는 것.

우리나라 표준국어대사전의 정의는 이렇다.

남에게 예속되거나 의지하지 아니하고 스스로 섬.

그렇다면 장애인에게 있어 자립생활independent living이란 앞서
서 말한 자립의 개념에서 더욱 확장해 장애인 스스로가 자신의
삶 속에서 선택하고 결정하며, 그 결정에 대한 책임이 당사자에
게 있으며 자신의 삶을 성장시키기 위해 지역사회와 상호 교류
interdependent living하는 과정이라고 말할 수 있을 것이다.

우리나라에는 자립생활 개념이 2000년대 초반 본격적으로
도입되면서, 장애인 탈시설 운동과 함께 전국으로 빠르게 확장
되어갔다. 무엇보다 장애인들이 사회 안에서 자립생활을 하기
위해서 가장 필요한 것은 그들의 곁에서 일상생활을 지원해주
는 사람들이다. 이러한 이유로 지체 장애인 협회에서부터 출발
한 장애인 활동 지원사 제도가 만들어졌다.

이 제도를 만들기 위해 지체 장애인들은 목숨을 걸고 휠체어
에서 내려와 마포에서 여의도에 이르는 마포대교를 기어가며
투쟁을 벌였다. 내가 장애를 가지고도 공부하고 사회활동을 이
어갈 수 있었던 것은, 몸을 아끼지 않았던 그들의 싸움이 있었
기에 가능했다. 전국 규모의 자립생활 모임을 통해 나는 당사자

들의 생생한 경험을 들었고, 그 피나는 노력 앞에서 가슴이 뭉클해지고 숙연해지기도 했다.

내가 장애인의 자립생활에 관심을 가지게 된 계기는 내가 대전으로 내려와 우울증과 두려움으로 시달리며 문밖을 나가지 못하고 있던 어느 날 우연히 우리 집을 방문했던 지체 장애인 덕분이었다. 그녀는 한밭장애인자립지원센터 소속 활동가로 일하고 있다고 자신을 소개했다. 미리 연락을 주고 방문한 것이었기에 문을 열어주었다. 그런데 그녀가 현관에 들어서는데 철커덕거리는 소리가 들렸다. 나는 그녀가 다리에 보조 기구를 사용하고 있다는 것을 느낌으로 알 수 있었다.

그녀는 중증장애인의 일상생활을 돕는 활동보조인 제도가 있으니 이용해보라고 권했다. 나는 집안일은 내가 다 할 수 있다며 부드럽게 거절했다. 시간이 흘러 그녀는 다시 연락을 했고, 또다시 권했으며, 나는 번번이 거절하곤 했다.

그렇게 2년이 지난 어느 날, 나는 마침내 그녀의 권유를 받아들여 활동보조인 제도를 이용하게 되었다. 그리고 장애인이 된 후 처음으로 자립생활센터를 방문하게 되었다. 그곳에서는 중증 지체장애인들이 활동가로 일하며 세상과 소통하기 위해 안간힘을 쓰고 있었다.

그러나 내게 그들의 모습은 낯설었고, 뇌병변장애로 언어장애가 심한 이들의 말은 도무지 알아듣기조차 어려웠다. 한꺼번에 여러 중증장애인을 접하는 일이 나에게는 무척 힘겹고 버겁게 느껴졌다.

그 무렵 기초 재활교육을 받던 중, 우연한 기회로 시청에서 열리는 세미나에 참석하게 되었다. 한밭장애인자립지원센터가 주최한 행사로, 일본의 중증장애인 자립생활 현황을 알리기 위해 마련된 자리였다. 행사 초반에는 답답하기만 했다. 패널과 방청객 가운데 시각장애인은 오직 나뿐이었고, 일본에서 온 발표자들은 중증 뇌병변장애나 척수장애가 있는 사람들이어서 언어장애가 심했다. 그들이 일본어로 말하면 통역을 맡은 교수님이 한국어로 옮겨주었는데, 나는 순간 '저게 정말 저 말의 뜻이 맞을까' 의심하기도 했다.

처음에는 짜증도 났고 버겁기도 했지만, 시간이 흐르면서 그들의 말에 귀 기울여 듣다 보니 그들의 삶이 조금씩 느껴지기 시작했다. 놀라웠다. 제도와 시스템, 그리고 '자립하고자 하는 의지와 열정'이 가슴으로 느껴졌다. 자립생활이 내게 매력적으로 다가왔고, 기회가 된다면 그곳을 꼭 한번 가보고 싶다는 마음도 생겼다.

세미나가 끝난 뒤 나는 자립생활의 개념에 완전히 매료되었다. 장애인을 환자나 불쌍한 사람으로 보는 것이 아니라, 장애 당사자가 삶의 주체로서 선택하고 결정하며, 그 책임 또한 당사자에게 있다는 관점이 내 마음에 큰 울림으로 다가왔다.

이후 서울 이룸센터에서 한국장애인자립생활센터총연합회가 주최하는 세미나가 종종 열린다는 것을 알게 되었고, 나는 기회가 될 때마다 거의 빠지지 않고 자발적으로 참여했다. 그러던 중 서울 장애인자립생활대학 학장을 만나게 되었다.

나는 그에게 나를 소개하고 자립생활대학에서 강의할 수 있도록 도와달라고 말했다. 그러자 그는 한 시간 분량의 강의를 계획서로 만들어 제출하고 시연을 한 다음 결정하겠다고 했다. 그렇게 해서 자립생활대학에서 강의할 기회가 주어졌다. 내가 맡은 과목은 '의사소통과 상담심리'였다. 처음 강의하던 날의 기쁨은 정말 이루 말할 수가 없었다.

그렇게 서울에 강의를 다니는 동안 자립생활대학이 서울과 부산에만 있다는 사실을 알게 되었다. 나중에는 부산까지 강의를 다니게 되었지만, 그렇게 오가며 더 간절히 생각했다. 대전에도 이런 학교가 꼭 필요하다. 나는 곧바로 대전에 있는 자립생활센터장들에게 나의 뜻을 전했고, 그들은 흔쾌히 내 뜻을 받아들여주는 것은 물론 적극적으로 힘을 보태주었다.

그렇게 해서 2014년 3월, 드디어 대전에도 장애인자립생활대학이 개교했다. 나는 초대 학장으로서 학교 운영과 세 곳의 강의, 그리고 대학원 학업까지 병행하며 그야말로 몸이 열 개라도 부족할 만큼 종횡무진했다.

서울·부산·대전 자립생활대학장들의 정기 모임도 주선했다. 물리적 거리 때문에 우리는 서울역사 안 식당에서 모이기도 했고, 중간 지점인 대전 장애인자립생활대학에서 모이기도 했다. 그런 만남을 통해 전국 자립생활대학의 교육과정을 일원화하고, 학생이 어느 지역에서 졸업하든 서로 인정하기로 합의했다.

비록 장애가 있지만 나 스스로도 자립생활을 실천하려 애썼고, 자립을 준비하는 장애인들에게 자립생활의 중요성을 가르치며 그들이 지역사회 안에서 건강한 구성원으로 살아갈 수 있도록 힘썼다.

교수진은 대전과 서울의 현직 사회복지 교수님들이 재능기부로 함께해주셨고, 학생들이 한 학기마다 내는 소액의 학비로는 교수님들께 기름값 정도만 드릴 수 있을 뿐이었다. 학생들 역시 대부분 어려운 형편 속에서 학교를 다니고 있음을 누구보다 잘 알고 있었기에, 매 학기 최고 우수 학생을 선발해 장학금도 지급했다.

그 모든 과정이 결코 쉽지는 않았지만, 그만큼 분명한 의미와 보람이 있었다. 학교를 통해 누군가는 처음으로 '혼자가 아니다'라는 감각을 배웠고, 또 누군가는 스스로 삶의 방향을 선택할 용기를 얻었다. 나 역시 이 여정 속에서 '가르치는 사람'이 아니라 '함께 배우는 사람'이 되어 있었다.

장애인자립생활대학은 그렇게 장애인의 삶을 바꾸는 동시에, 나의 삶 또한 더 단단하게 만들어주고 있었다.

일본의 자립생활센터

드디어 가보고 싶었던 일본의 자립생활 센터를 방문할 기회가 왔다. 5년 전 우리나라를 방문했던 일본의 자립생활센터에 대전의 여섯 개 자립생활센터 센터장들과 함께 가게 되었다.

그들은 중증장애인이었지만 생활이 정돈되어 있었고 규모도 있어 보였다. 활동지원사와 지역사회 간 교류도 활발해서 그들이 장애로 인한 불편을 크게 느끼지 않는 것처럼 보이기도 했다. 전반적으로는 공동체 생활을 하고 있었고, 그 안에서도 각자 맡은 역할이 분명했다.

1층에는 카페와 식당이 있었다. 커피와 음료를 팔고, 쿠키와 빵도 직접 만들어 지역사회에 판매한다고 했다. 이런 것들은 모두 장애인들이 직접 만들고 운영하고 있었다. 2층에는 공동으로 사용할 수 있는 넓은 강당과 체육시설이 마련되어 있었고, 3층부터는 1인실 또는 2인실로 꾸며진 방들이 여러 개 있었다. 이런 층이 대략 5층 정도 이어졌다. 옥상에는 나무를 심어 건물의

에너지 효율을 높여 에너지를 절감하는 동시에 휴게 공간으로도 활용하고 있었으며, 각종 채소를 심어 그곳에서 소비하는 채소는 충분히 충당할 수 있을 만큼 생산된다고 했다.

예전에도 몇 차례 일본을 방문했었는데, 그때마다 일본인들은 아무리 작고 좁은 공간이라도 얄미울 정도로 알맞게 활용하고 정돈해두는 사람들이라는 인상을 받았었다. 그곳도 예외가 아니었다. 전체적으로 정갈하고 단정했다. 물론 일본의 장애인들이 모두 이렇게 사는 것은 아니겠지만, 우리나라에서는 보기 어려운 모습이었기에 언젠가 기회가 된다면 도입해보고 싶다는 마음이 더욱 커졌다.

사실 내가 장애인이 되었다고 해서 장애에 대해 깊이 이해하고 있었던 것은 아니었다. 장애로 인한 불편과 고통은 당사자뿐 아니라 가족에게도 마찬가지일 것이다. 더 확장해보면 사회 전체도 크게 다르지 않다. 사람들은 그런 불편과 고통을 마주하기 싫어 모르는 척하거나 무관심으로 돌려세우기도 한다.

나도 장애를 갖기 전에는 별반 다르지 않았다. 시각장애인이 되기 전까지 장애인을 접해본 경험은 거의 없었다. 그때 내가 '장애인'을 생각했을 때 머릿속에 떠올랐던 모습은, 지하철 계단에서 동전 바구니를 놓고 기타를 치던 맹인, 혹은 지하철 안에서 찬송가를 크게 틀어놓고 동냥하던 맹인 정도가 전부였다.

그럴 때면 나는 그들을 바라보는 일이 어딘가 불편했다. 바구니에 동전을 넣을지 말지 망설이는 내 마음이 싫었고, 다행히 동전이 있어 넣고 나면 그나마 마음이 조금 가벼워지는 것을 느끼기도 했다. 반대로 동전이 없으면 괜스레 뒤통수가 뜨거워졌던 경험도 있었다. 때로는 그런 불편한 마음을 들키고 싶지 않아 후다닥 지나가거나, 고개를 돌려 외면하기도 했다.

가끔 재래시장에 가면 사람과 물건으로 복잡하고 좁은 길에서 다리에 시커먼 고무판을 끼고 바닥을 기어다니며 온갖 잡다한 물건을 담은 바구니를 밀고 다니는 절단장애인을 보기도 했다. 그들을 보면 무엇이라도 사주고 싶은 마음에 들여다보지만, 막상 필요하거나 사고 싶은 물건은 없었다. 결국 안타까운 마음만 남긴 채 돌아서곤 했다.

지금 돌아보면, 그때의 나는 장애를 이해하지 못해서가 아니라 마주할 용기가 없어서 고개를 돌렸던 것인지도 모른다. 불편함과 연민 사이에서 갈팡질팡하며 그 감정을 정면으로 들여다보지 않으려 했던 것이다.

장애를 갖기 전의 나는 그렇게, 장애를 '사람'이 아니라 '상황'으로만 바라보고 있었다. 그 깨달음은 이후 내가 장애를 바라보는 시선과 삶의 방향을 근본적으로 바꾸어놓았다.

저는 왜 밖으로 나올
생각을 못 했을까요?

언제인지는 정확히 기억나지는 않지만 아주 어릴 적이었던 것 같다. 그날따라 나는 집에 혼자 있었다. 그런데 마침 벨소리가 들려 대문을 열어보니 행색이 초라한 사람이 쌀을 좀 달라는 것이었다. 그런데 그때 내 눈에 들어온 것은 바로 그 사람의 손에 있는 갈고리였다. 순간 너무나 놀랐고 무서웠다. 그 사람을 빨리 보내고 싶은 마음뿐이었다. 후다닥 쌀을 퍼다가 그 사람의 비닐봉지에 담아주고 뒤돌아서서 놀라고 무서운 마음에 가슴을 쓸어내려야 했다.

그동안 내가 봐왔던 장애인들을 떠올려보면, 안타깝고 불쌍하다는 마음이 들면서도 뭔가를 주지 않으면 안 될 것 같아 죄스럽고, 동시에 무섭고 두려운 존재였다. 장애인에 대해 내가 갖고 있던 이러한 인식 저변에는 우리 사회가 장애인을 바라보는 부정적인 편견과 선입견이 당연히 영향을 미쳤을 것이라고 생각한다. 나는 그들을 나와는 전혀 상관없는 사람들로 여기며 살아왔다.

그런데 이제는 내가 바로 그 기억 속의 '장애인'이 되었다. 그러니 의사에게서 실명이라는 말을 들었을 때, 나는 그 사실을 완강하게 부정할 수밖에 없었다. 당시만 해도 국가나 사회 차원에서 장애인을 위한 복지 개념조차 제대로 정립되어 있지 않았다. 장애인을 바라보는 비장애인들의 정서 역시, 나 역시 그랬듯이 불쌍하거나 무섭다는 부정적인 감정, 혹은 나와는 상관없는 일이라는 거리감이 대부분이었을 것이다. 겉으로는 친절하게 대하면서도, 한편으로는 자신이 그런 사람이 아니라는 사실에 안도하는 이들도 있었을 것이다. 심지어 집 안에 장애인이 있으면 쉬쉬하며 숨기기까지 하던 시절도 있었다. 한마디로 장애인은 사회에서 투명인간처럼 취급되었고, 존재 자체가 부정되었다. 장애인은 그저 불편한 존재였다. 그렇다면 지금은 과연 달라졌을까.

내가 시각장애인이 되어 기초 재활을 받을 때의 일이다. 컴퓨터를 가르쳐주시던 선생님도 시각장애인이었는데, 그는 고등학교 때 실명했다고 했다. 그럼에도 불구하고 대학에서 컴퓨터를 전공해서 시각장애인들의 정보화 기기를 가르치는 일을 담당하고 있었다. 그가 복지관에 첫 출근을 하던 날, 설렘과 기대를 안고 택시를 타기 위해 길가로 나섰다고 했다. 당시에는 장애인콜

택시가 없던 시절이라, 그는 대로변에 서서 지나가는 택시가 자신을 태워주기만을 기다리고 있었다.

그런데 한 택시가 그의 앞으로 가까이 다가오는 것을 느끼고 그는 반가운 마음에 차 소리가 나는 쪽으로 서서히 다가섰다. 그러자 택시가 잠시 멈추는 듯하더니 택시 기사가 창문을 내리고 그의 얼굴에 침을 뱉고는 쌩하고 가버렸다는 것이다. 나는 그에게서 이 이야기를 전해 듣기만 해도 울컥 눈물이 날 지경이었다. 그저 놀란 입을 다물지 못하고 아무런 말도 할 수 없었다.

또한 내가 만났던 장애아를 둔 부모 중에는 아이보다 하루라도 더 오래 살아야겠다는 생각을 하는 이들이 많다. 우리는 종종 매스컴을 통해 장애아를 둔 부모가 동반 자살을 시도했다는 소식을 접한다. 그러나 그것은 동반 자살이 아니라 살인이다. 이런 현실은 장애에 대한 인식이 여전히 과거와 크게 다르지 않다는 것을 보여준다.

> 모든 국민은 인간으로서의 존엄과 가치를 가지며, 행복을 추구할 권리를 가진다. 국가는 개인이 가지는 불가침의 기본적 인권을 확인하고 이를 보장할 의무를 진다.

헌법 제10조는 모든 인간의 존엄과 가치를 보장한다고 명시하고 있다. 그러나 앞서의 사례들은 헌법에 반할 뿐만 아니라 생존권과 존엄권 어디에서도 인간의 생명에 대한 가치와 존중을 찾아보기 어렵게 만든다. 오히려 가족이라는 이름으로 장애인의 인권이 침해되고 있다는 사실에 비통함마저 느끼게 된다.

이러한 현상은 장애를 개인의 문제로만 인식하고, 치료의 대상인 '환자'로만 바라보는 시선에서 비롯되었다고 생각한다. 나역시 장애인에 대한 부정적인 기억들 때문에, 흰 지팡이를 손에 들고 타인의 시선을 의식하지 않기까지 오랜 시간이 필요했다.

2007년도 우리나라에 장애인활동지원제도가 처음 시범 사업으로 실시되고, 2010년도에 그 제도가 본격적으로 도입된 이후 전국적으로 자립생활센터가 급속도로 확산되었다. 서울에서는 각종 세미나가 끊임없이 있었고, 나는 2011년 정도부터 시간이 허락되는 한 적극적으로 참여했다. 자립생활은 장애 유형을 가리지 않고 다양한 유형의 장애인들이 모인다는 것에 놀라웠고, 자연스럽게 그들과 교제하면서 장애를 더 깊이 이해하는 계기가 되었다. 그렇지만 그때만 해도 자립생활센터에서 활동하는 시각장애인은 거의 찾아보기가 어려웠다.

앞서 말했듯, 장애인이 되는 것과 장애를 이해하고 받아들이는 것은 전혀 다른 문제다. 이들 역시 자신의 장애를 깊이 이해하는 경우는 드물었고, 대부분은 불편함과 고통만을 호소하고 있었다. 물론 가장 힘든 사람은 당사자다. 그러나 그 모습을 지켜보는 가족이나 가까운 사람들 역시 지치고 힘들기는 마찬가지일 것이다.

그 때문인지 장애인들 중에는 가족과의 갈등 속에서 이해받지 못한 채 혼자 살아가는 이들도 많았다. 또 어떤 이들은 자신의 선택이 아니라 가족의 결정에 끌려가며, 불만조차 말하지 못한 채 의존적이고 수동적인 삶을 살아가고 있었다.

다음 두 사람은 내가 만나본 장애인 중 자립을 하기까지 가장 오랜 시간이 걸린 사람들이 아닐까 싶다.

예순의 나이에 늦깎이로 맹학교에 입학한 사람이 있다. 그는 40대 때 갑작스러운 사고로 실명을 한 뒤 그 충격에서 벗어나지 못해 20여 년 동안을 집 밖으로 나오지 못했다고 했다. 그 긴 시간 동안 그의 유일한 친구는 라디오였고, 라디오만이 세상과 연결되는 통로였다.

어느 날 우연히 같은 아파트에 사는 다른 시각장애인을 만나면서 그의 삶에도 변화가 시작되었다. 재활교육과 활동지원제도에 대해 알게 되었고, 20여 년 만에 밖으로 나온 그는 완전히 달라진 세상에 큰 혼란을 느꼈다고 했다. 하루가 다르게 변하는 세상에 적응하는 것이 우리에게도 쉽지 않은데, 20여 년을 집

안에만 머물렀으니 그 어려움은 말로 다 할 수 없었을 것이다.

"왜 그렇게 바보같이 20년 넘게 살았는지 모르겠어요. 저는 왜 밖으로 나올 생각을 못 했을까요?"

그는 가끔 이렇게 자신을 책망했다. 하지만 지금 그는 재활교육을 마치고 맹학교에서 안마를 배우며, 졸업 후에는 자신의 이름으로 안마원을 열겠다는 꿈을 품고 있다.

또 한 사람은 무려 40여 년 동안 방 안에서 문구멍으로만 세상을 보며 살아온 여성이다. 선천성 소아마비로 태어난 그녀는 단 한 번도 문밖에 나가본 적이 없었다. 시골에서 자라 가족이 많았던 탓에, 가족들은 그녀를 자연스럽게 투명인간처럼 대했다. 밖에서 아이들이 노는 소리가 들릴 때마다 세상이 궁금했고 함께하고 싶었지만, 그것은 오직 마음속 소망일 뿐이었다. 답답한 마음을 달래는 유일한 방법은 손가락에 침을 발라 문풍지를 뚫고 그 작은 구멍으로 바깥을 바라보는 것이었다.

그런 그녀도 활동지원제도를 통해 세상 밖으로 나올 수 있었고, 뒤늦게 특수학교에 입학해 고등학교 과정까지 마친 뒤 지금은 당당하게 센터장으로 활동하고 있다.

척수장애인은 거의 대부분이 사고에 의한 장애인이 된다. 오토바이나 자동차 사고 등이 대부분을 차지하는데, 경추 손상의 경우 간혹 수영장의 다이빙대 위에서 입수하다가 수영장 바닥으로 추락하여 목을 다친 사람들이 있다. 그들은 목 아래로는 전혀 움직일 수가 없어 그저 눈만 깜빡이는 것과 말을 할 수 있을 정도다. 휠체어도 거의 싱글 침대 사이즈 정도로 커서 그들이 한번 움직이려면 큰맘을 먹어야 하기에 어지간한 일로는 잘 움직이려 하지 않았다. 이들은 잠을 잘 때도 몸을 뒤척이는 것이 거의 불가능하기에 오랜 기간 와상 장애인들이나 환자들에게 발생이 되는 욕창을 방지하기 위해서 곁에서 함께 자는 사람이 한 번씩 몸을 의도적으로 움직여주어야 한다.

서울의 자립생활대학에서 강의할 때 바로 이런 척수장애인도 강의를 듣기 위해 찾아왔다. 나는 그를 볼 수는 없었지만 이러한 이야기를 직접 들을 수 있었다. 그가 내게 던진 첫인사가 너무도 강렬해 지금까지도 기억하고 있다.

"아, 모가지가 부러져 슬픈 짐승이여…!"

이 외에도 한 사람 한 사람의 이야기가 내 기억속에 또렷하게 남아 있다. 이렇듯 중증장애인이 자립해 사회의 한 구성원으로 살아가는 일은, 장애인 개인의 의지만으로는 결코 가능하지 않다. 그 책임을 개인이나 가족에게만 떠넘겨서는 안 된다. 이제는 우리 사회 전체가 함께 감당해야 할 몫이다.

대전 장애인자립생활대학
초대 학장이 되다

한 아이를 키우려면 온 마을이 필요하다.

이 아프리카 속담처럼, 장애인들이 사회 구성원으로 살아가기 위해서는 사회적 기술과 인문학, 그리고 자립에 관한 전반적인 교육이 평생에 걸쳐 필요하다. 동시에 사회는 이러한 교육이 실제 삶으로 이어질 수 있도록 환경을 먼저 갖추어야 한다. 지체장애인이 어디든 접근하고 자유롭게 이동할 수 있도록 엘리베이터 설치와 건물 경사로 설치 의무화, 저상버스 확보 등이 우선적으로 이루어져야 한다. 시각장애인과 청각장애인을 위한 정보 접근성 또한 중요하다. 점자 도서 확충, 유도블록 정비, 음성지원 서비스와 자막·수어 등 다양한 지원이 함께 이루어져야 한다. 이러한 기반 위에서 장애인들이 궁극적으로 안정된 삶을 꾸려갈 수 있도록, 경제적으로 자립할 수 있는 다양한 직업의 기회도 제공되어야 한다.

나의 취지와 노력은 헛되지는 않았는지, 2014년 대전에도 장애인자립생활대학을 설립하게 되었고 나는 초대 학장을 맡게 되었다.

개교식을 마치자마자 우리 학교는 매년 개최되는 장애인자립생활컨퍼런스에 참석하게 되었다. 이 행사는 전국의 장애인자립생활센터들이 서울에 모여 1박 2일 동안 각종 세미나와 토론회를 여는 자리인데, 첫날 개막식에는 시·도 대표들이 참여하는 예술제가 열린다.

연극, 노래, 합창, 사물놀이 등 평소 갈고닦은 실력을 뽐내는 시간이다. 여기에서 순위를 정해 푸짐한 상품과 소정의 상금이 주어진다고 했다. 비록 중증장애가 있더라도 각자가 할 수 있는 예술 장르를 선택해 장애인과 비장애인이 함께 어울리는 팀워크, 예술성 등을 종합적으로 심사해 순위를 매긴다.

2014년, 나는 대전장애인자립생활대학 학장으로서 이 지역의 센터장들과 함께 사물놀이로 출전하게 되었다. 우리 중 한밭장애인자립지원센터의 남인수 센터장은 평소 국악에 남다른 재능이 있어 태평소, 꽹과리, 장구 등 못 다루는 악기가 없을 정도였고 실력도 수준급이었다. 그가 리더를 맡고 각자 역할을 나누기로 했다. 그는 태평소로 전체를 이끌기로 했고, 또 다른 센터장은 기타 실력이 뛰어난 데다 음감도 좋아 꽹과리를 맡기로 했다. 나머지 네 사람은 북을 치기로 했다.

　문제는 장구였다. 장구는 금방 흉내 낼 수 있는 악기도 아니고, 며칠 배운다고 연주할 수 있는 것도 아니었다. 리더인 남인수 센터장은 누가 장구를 맡아야 하느냐며 걱정했다. 나는 망설였다. 솔직히 시각장애를 갖고 다시 세상 밖으로 나오면서, 누구에게도 내가 예전에 발레를 했다는 말을 꺼내지 않고 있었다. 내가 장애인이 된 뒤 무대에 설 일이 있을 거라고는 상상도 못했다. 하지만 지금은 결정을 해야 했다. 결국 내가 나설 수밖에 없었다.

　"장구는 제가 한번 해볼까요?"

　사람들은 놀람 반, 의문 반으로 내게 정말 장구를 칠 줄 아느냐고 물었다. 그 자리에 모인 센터장들은 내가 발레를 전공했다는 사실도 몰랐으니, 어린 시절 장구를 배운 적이 있다는 사실은 더더욱 알 리 없었다. 나는 어릴 때 조금 배운 적이 있지만 너무 오랫동안 장구채를 잡아보지 않아 자신은 없다고, 그래도 한번 해보겠다고 조심스레 말했다.

　그러자 남인수 센터장은 내 말을 선뜻 믿지 못하겠다는 듯, 그 자리에서 바로 쳐보라고 했다. 그래서 나는 곧바로 굿거리장단과 자진모리장단을 연주하기 시작했다. 사람들은 박수를 치며 환호성을 질렀다.

그렇게 우리는 각자 악기를 맡아 일주일에 한 번씩 모여 연습하기로 했지만, 다들 워낙 바쁜 사람들이다 보니 계획대로 되지 않았다. 결국 세 번 정도 호흡만 맞춰본 채 대회에 참가하게 되었다. 날짜가 다가올수록 연습이 부족해 실력이 제대로 나올지 걱정도 되었다. 나는 예전에 무대에 섰던 경험을 살려 의상만큼은 통일해서 맞춰 입자고 제안했고, 모두가 좋다고 해서 우리는 한껏 멋을 내고 무대에 설 준비를 했다.

전국 규모의 대회인 만큼 행사장은 사람들로 붐볐고, 식전 인사와 진행만으로도 오전 내내 시간이 걸릴 정도였다. 드디어 오후, 예술한마당이 펼쳐질 시간이 되었다. 각 시·도 대표팀이 공연을 펼칠 때마다 박수와 웃음이 이어지며 대회장은 열기로 가득 찼고, 마침내 우리 차례가 왔다.

우리는 대기실에서 서로를 격려했다. 무대에 올라간 우리는 태평소의 신호에 맞춰 장구, 꽹과리, 북을 동시에 두드리며 호흡을 맞춰 열정적으로 연주했다. 연주를 마치고 내려오면서 나는 연습이 부족했는데도 생각보다 호흡이 잘 맞았다는 느낌이 들어 흡족했다.

드디어 발표 시간이 되었다. 심사위원들이 심사 내용을 발표하는 동안 우리들도 서로가 심사위원들처럼 각자 나름으로 어느 팀이 더 잘했다며 순위를 매기고 있었다. 순위를 부를 때 보통은 낮은 순서부터 발표한다. 우리는 서로 말은 안 하고 있었지만 내심으로 대상은 아니더라도 금상 정도를 기대하며 처음에 부르는 장려상, 동상, 은상을 부를 때 우리 팀이 없는 것을 당연하게 생각했다. 얼마 지나지 않아 금상과 대상만의 발표를 남겨 놓고 있었는데 진행자가 대상을 먼저 부르겠다고 했다. 그러자 갑자기 설렘과 불안감으로 가슴은 조마조마하여 심장이 콩닥거리는 소리가 내 귓전에도 들리는 듯했다.

어릴 적부터 여러 차례 무용 콩쿠르에 나간 경험이 있었지만 그때 이후 아주 오랜만에 느껴보는 가슴 졸이는 시간이었다. 이런 나의 심정을 그들은 절대 알 리가 없었다. 드디어 대상을 발표할 차례가 왔다. 뜻밖에도 진행자는 우리 팀을 불렀다!

마지막까지 우리와 경쟁하던 부산 팀은 40여 명이 무대에 올라 합창을 했는데, 무대가 꽉 찰 만큼 규모도 크고 율동과 합창도 조화로워서 '당연히 저 팀이 1등이겠구나' 하고 내심 점치고 있었다. 그런데 결과는 우리 팀의 대상 수상이었다. 우리는 서로 얼싸안고 환호성을 지르며 감격했다. 기쁨을 감출 수 없었다.

얼마 만에 마음껏 웃고 기뻐했는지 모르겠다. 장애인이 된 뒤로는 처음인 것 같았다. 문득 어린 시절 텔레비전에서 보았던 맹인 가수가 떠올랐다. 그 사람은 늘 웃는 얼굴이었고, 어린 내 눈에도 행복해 보였다. 그런데 내가 시각장애인이 된 뒤에는 오히려 그 모습을 떠올릴 때마다 '그 사람은 어떻게 웃을 수 있었지? 정말 행복했을까?' 하는 의문이 먼저 들곤 했다.

이 일을 계기로 그 의문이 말끔히 사라졌다. 푸짐한 상품과 함께 상금도 받았다. 그다음 날 바로 자립생활대학 입학식이 있었다. 그런데 학교 입학식에 참여해준 센터장들이 입학식에 오는 학생들을 비롯하여 참여하는 모든 사람에게 점심 식사 대접을 하라며 우리가 공동으로 받은 상금을 기꺼이 내어주었다. 정말 가슴 벅찰 정도로 기쁘고 감사한 경험이었다.

네가 항상 내 곁에
있어줄 순 없잖아

장애인자립생활대학은 중증장애인들이 일상생활에서의 자립생활과 사회적 적응, 사회적 스킬, 대인 관계에서의 의사소통 등을 배우는 학교다. 그들은 학습을 통해서 배우기도 하고 동료들을 통해서 배우기도 한다. 나는 그들이 집에서 학교까지 오는 동안에 겪는 모든 경험이 바로 우리 사회가 장애인들과 비장애인들이 사회 안에서 함께 살아갈 수 있는 것을 서로가 깨닫게 해주는 중요한 시간이라고 생각한다.

장애인자립생활대학에서는 주로 장애를 이해할 수 있는 장애학, 자립생활을 위한 자립생활 이론과 실천론 그리고 의사소통 동료 상담, 인문학 등을 배운다. 이러한 과목을 가르치는 교수 중에는 중증장애인들도 있다. 이들도 역시 선천적 장애인보다는 사고나 질병으로 인한 후천적 장애인들이 많았고, 고통의 시간을 딛고 공부하여 그 자리까지 오게 된 사람들이었다. 그들 중에는 시의원, 공공기관의 연구원, 교사나 교수 등 전문 분야에서 일했던 사람들도 있었다. 학생들은 학교에서 지식을 배우는 것뿐만 아니라 그들의 생생한 경험담을 들으면서 그들로부터 살아 있는 역사를 배울 수 있었다.

심리학을 전공한 나는 의사소통과 동료상담을 맡아서 서울과 대전, 부산을 학기별로 오가며 강의했다. 그렇게 강의를 하는 동안 내가 잊을 수 없었던 에피소드나 겪었던 경험을 몇 가지 말해보려 한다.

어느 날 의사소통 강의를 하던 중 잠시 쉬는 시간이 되었다. 그때 누군가 내 책상을 툭툭 치는 소리가 들렸다. 무슨 일이냐고 소리 나는 쪽으로 묻자 그녀는 온몸을 비틀어가며 쥐어짜는 목소리로 숨을 몰아쉬며 이렇게 말하는 것이었다.

"제 말을 아무도 들으려고 하지 않아요."

보통 사람이라면 2~3초면 끝낼 이 말을, 그녀는 몇 분에 걸쳐 온몸을 비틀어가며 쥐어짜는 목소리로 겨우 내뱉었다. 나는 그녀가 뇌병변장애로 언어장애가 심하다는 것을 바로 알아차릴 수 있었다. 나는 상담심리학에서 배운 대로, 그녀가 말을 끝낼 때까지 시선을 거두지 않고 끝까지 귀 기울여 들었다. 말을 마친 그녀는 크게 한숨을 몰아쉬었다.

"으흠, 너의 말을 아무도 들으려고 하지 않는다는 말이지?"

나는 그녀의 말이 끝나자마자 그 말을 그대로 되풀이했다.

그러자 갑자기 그녀가 꺼억꺼억 소리를 내며 울음을 터트리는 것이었다. 나는 지금도 그때를 생각하면 눈시울이 뜨거워지곤 한다. 그동안 차마 자신의 심정을 제대로 말로 표현해보지도 못했을 그녀의 설움이 고스란히 내 마음에서 느껴졌기 때문이었다.

아마도 그녀의 가족들이나 지인들은 그녀가 어렵게 몸을 비틀어가며 무언가를 말하려고 할 때마다 "뭐 물 좀 갖다줄까?" 아니면 "화장실 가고 싶어?" 등과 같이 그녀에게 말할 기회조차 주지 않고 먼저 말해버렸을 것이다. 그러면 그녀는 고개를 끄덕이거나 도리도리 젓는 것 외에는 할 수가 없었을 것이다. 정작 그녀가 상대방에게 원했던 것은 자신이 말할 때 끝까지 기다려 들어주기를 원했던 것은 아니었을까? "나는 따뜻한 물이 마시고 싶어요. 나는 화장실이 가고 싶어요." 그녀가 그렇게 말할 때까지 참고 기다려준 사람이 있었을까.

나도 비슷한 경험을 해본 적이 있다. 내가 무언가를 하려고 엉덩이를 살짝 들썩이기만 해도 주변 사람들은 어김없이 이렇게 말하곤 했다.

"어, 너 왜 그래? 가만히 있어. 뭐가 필요해? 기다려봐. 내가 갖다줄게."

처음에는 그들이 나를 위해 그러는 거라고 생각했다. 하지만 시간이 지나며 깨닫게 되었다. 그 말이 온전히 나만을 위한 말은 아닐 수도 있다는 것을.

그래서 나는 어느 순간부터 "너 가만히 있어! 내가 다 해줄게!"라는 말이 싫어졌다. 나는 대화하는 데에는 아무런 어려움이 없으므로 누군가 그렇게 말할 때 "아니야. 내가 할게. 정수기는 어디 있어? 화장실은 어디야?" 하고 되묻곤 한다. 그러면서 이렇게 덧붙인다.

"네가 항상 내 곁에 있어줄 순 없잖아. 내가 혼자 있을 땐 어떻게 해? 그리고 내가 길을 익혀놓으면 언제든 내가 마음이 내킬 때마다 할 수 있거든."

나는 가능한 한 모든 면에서 타인의 도움을 최소화하려고 한다. 어쩌면 도와주려는 사람들 마음속에는, 장애인을 위해서라기보다 그녀가 온몸을 비틀며 힘겹게 말을 꺼내는 과정을 참고 기다리기 어렵다든지, 내가 움직이다가 또 다른 문제나 사고로 이어질까 불안하다는 마음도 섞여 있을지 모른다. 물론 대부분은 혹시 다치지 않을까 하는 염려에서 비롯된 배려가 더 크다는 것도 안다.

그런데 내가 만나 대화를 나눠본 중증장애인들 중에는 의외로 자신이 겪는 불편과 고통보다도 오히려 자신으로 인해 가족들과 지인들이 더 불편할 것이라고 생각하며 미안함과 죄책감

속에 살아가는 사람이 많았다. 늘 기죽고 위축된 채 죄책감만 짊어지고 살 필요는 없을 텐데 말이다.

반대로, 장애가 마치 벼슬이라도 되는 듯 비장애인에게 적대감을 갖고 무조건 공격적으로 대하는 장애인도 있었다. 아마도 이들은 내면에 여러 이유로 미해결된 부정적 감정의 찌꺼기들을 억누른 채 살아왔기 때문일 것이다.

나는 수업 시간이면 아무리 언어장애로 힘들어하는 학생들에게도 끝까지 그들이 직접 발표하게 하곤 했다. 그럴 때면 심지어 곁에 있는 다른 동료들이 "교수님, 이 친구는 언어장애가 너무 심해서 말을 못 해요."라고 대신 말해줄 때도 있었다. 그 말에 나는 이렇게 대답했다.

"○○○ 씨 대변인이신가요?"라고 말하며 "본인이 직접 이름이라도 말씀해보세요. 말씀하실 때까지 우리 모두 기다려드릴게요."

그러면 잠시 후, 그 학생은 비록 느리지만 알아들을 수 있게 자신이 어디에 사는 누구라고 말했다.

그렇게 몇 주가 지난 어느 날이었다. 강의실로 들어가려는데 바깥에서 떠드는 소리가 들렸다. 들어가 보니 놀랍게도 그 목소리의 주인공은, 그동안 언어장애가 심해 음성지원 기계로 의사소통하던 학생이었다. 그가 말문을 튼 것이었다. 말하고 싶은 것을 참느라 얼마나 힘들었을까 싶었다. 동시에, 이런 말을 끝까지 참고 기다려주는 사람이 더 많아졌으면 좋겠다고 생각했다.

첫 학기가 시작될 때면 나는 학생들에게 자기소개와 버킷리스트를 작성하고 발표해보라고 시킨다. 그러면 그들의 소원은 대부분 여행을 가고 싶다거나 돈을 벌고 싶다는 막연한 내용들이 많았다. 나는 그들에게 좀더 구체적으로 생각하고 될 수 있는 대로 자세하게 말해보라고 한다. 가고 싶은 곳은 어디인지, 그곳을 누구와 같이 가고 싶은지, 그곳에 가서 무엇을 하고 싶은지, 어떤 일을 해서 돈을 벌려고 하는지, 얼마 정도를 벌 작정인지 하는 질문을 통해 학생들이 가지고 있는 막연한 생각들을 좀 더 구체화할 수 있도록 돕고 싶었다.

그런데 어떤 학생이 서울에 가고 싶다고 말했다. 그 친구는 안면 장애가 심해 말하는 것 자체가 불가능한 상태여서 음성지원기계로 의사소통하는 학생이었다. 나는 서울에는 누가 계신지 물었고, 그 학생은 엄마가 계실 것 같다고 대답했다. 나는 궁금해져서 엄마가 서울에 계신 게 아닌지 물었고, 그 학생은 이렇게 대답했다.

"저는 부모님을 모릅니다. 새벽에 청소하던 청소부 아저씨가 쓰레기봉투에서 저를 발견했다고 합니다."

순간 강의실은 찬물을 끼얹은 듯 숙연해졌다. 할 말을 잃은 나는 가슴이 먹먹해져 코끝이 아려왔고, 그 감정을 들키지 않으려 돌아서서 애꿎은 칠판만 닦았다. 바로 그때, 갑자기 구슬픈 하모니카 소리가 들렸다. 여기저기서 훌쩍이는 소리도 났다. 나도 결국 꾹꾹 눌러 참았던 눈물이 뚝뚝 떨어졌다. 나중에 알게 된 사실이지만, 그때 누군가 조용히 연주한 곡은 '천년의 사랑'이었다. 그 순간은 오래도록 내 기억에 남을 것 같다.

나는 자신을 낳아준 부모를 모르고 버려졌던 또 다른 학생도 알고 있다. 그는 열여덟 살이 될 때까지 고아원에서 자라다가 약간의 지원금을 받아 독립하게 되었다. 그는 안 해본 아르바이트가 거의 없을 정도로 수많은 일을 해오면서도 배움의 끈을 놓지 않고 10여 년 동안 휴학과 재학을 거듭하면서도 끝까지 다녀 결국 전문대 졸업장을 받게 되었다.

그는 외모도 수려했고 키도 훤칠하게 컸다. 단지 눈 한쪽에 장애가 있을 뿐이었다. 그러던 어느 날 나는 우연히 다른 사회복지 시설에서 정규직을 뽑는다는 정보를 알게 되었다. 마침 그 단체장과 친분이 있던 터라 나는 그를 단체장에게 소개해주면서 지원해보라고 했다. 그는 서류심사와 면접을 통해 당당히 취업이 되었다.

나는 누구보다 기뻤다. 모두가 그의 앞날을 진심으로 축하해주었다. 이후에도 가끔 그가 근무하는 곳에 갈 일이 생길 때마다, 성실하게 일하는 그를 만나곤 했다. 시간이 흐르자 그의 모습에는 연륜이 배어 있었다. 지금은 활동지원팀에서 교육 담당을 맡고 있다고 했다. 그를 바라보는 것만으로도 흐뭇했고, 말로 다 하지 못할 뿌듯함이 밀려왔다.

따뜻한 커피 한 잔을
마시는 일조차도

우리 학교에는 휠체어를 이용하는 학생들이 많다. 그러다 보니 그들이 이동할 때, 눈이 보이지 않는 나와 종종 부딪히곤 했다. 그래서 나는 휠체어를 타고 있는 학생의 뒤로 가 서서 휠체어를 붙잡으며 "내가 잘 밀어줄게."라고 말하면 그들은 "네!"라고 대답하며 서로 깔깔거리고 웃었다. 주변 사람들은 내가 아마도 휠체어를 밀어주는 도우미라고 생각했을 수도 있겠다.

그는 휠체어를 타고 다른 지역에서 일주일에 두 번씩 학교를 오갔다. 그는 중증 뇌병변장애가 있음에도 4년제 대학에서 회계학을 전공한 우수한 학생이었다. 대학을 졸업하고도 일반 회사 취업이 쉽지 않자 자립생활센터에서 일하기를 원했고, 센터 업무를 익히기 위해 우리 대학에서 공부를 시작한 것이었다.

어느 날, 나는 이른 점심을 먹고 학교에 일찍 나와 수업 준비를 하고 있었다. 마침 그 학생이 내 방으로 들어왔다. 나는 반갑

게 인사를 했고, 늘 그와 함께 오던 활동지원사에게도 인사를
하려는데 그 학생이 말했다.

"학장님, 오늘은 제가 혼자 왔어요."

나는 놀라서 물었다.

"어떻게 혼자 왔어? 점심은 어떻게 했니?"

그는 점심을 먹지 못했다고 했다. 시간을 따져보니 아침도 제
대로 먹지 못한 채 열차를 탔을 것 같았다. 나는 걱정이 되어 말
했다.

"이제 수업 들어가면 앞으로 여섯 시간 동안 아무것도 못 먹
을 텐데…. 마침 내가 점심으로 먹으려고 사다 둔 빵이 있어. 빵
좀 먹을래?"

그는 그 말을 기다렸다는 듯 반색했다.

그런데 그때 학교에는 나와 그 학생밖에 아무도 없었다. 그
학생은 태어날 때부터 팔에 기형이 있어 팔 아래로는 전혀 쓸
수 없었고, 나는 눈이 보이지 않으니 이걸 어쩐다…. 잠시 난감
했다. 나는 우선 커피포트에 물을 올려놓았다. 그리고 빵을 한입
크기로 뜯어 학생에게 먹여보려고 했다.

"아— 하고 입 크게 벌려. 내 손 깨물면 안 된다?"

그런데 빵은 그의 입이 아니라 콧등이나 입 주변, 엉뚱한 곳
으로만 향했다. 기가 막히면서도 이 상황이 우습기만 했다. 우리

둘은 서로 깔깔거리며 큰소리로 웃었다. 내가 번번이 입에 넣지 못하자 나는 방법을 바꿨다.

"내가 빵을 손에 쥐고 가만히 있을 테니까 앞이 보이는 네가 입으로 물어가."

그렇게 해서 그는 남은 빵을 모두 먹을 수 있었다.

문제는 따뜻한 커피였다. 빵과 함께 따뜻한 커피 한 잔을 마시면 좋을 텐데, 컵을 쓰기도 어렵고 커피는 뜨겁기까지 했다. 결국 커피는 다 식은 뒤에야 빨대를 꽂아 마실 수 있었다. 여러분은 따뜻한 커피 한 잔을 스스로 마시고, 빵 한 조각을 스스로 먹는 일이 얼마나 큰 행복인지 알고 있는가?

그녀는 대전 자립생활대학 1기 입학생이었다. 결혼하고 얼마 지나지 않아 눈길에 운전을 하다가 미끄러져서 교통사고로 척수장애를 가지게 되었다. 다행히도 가슴 아래 흉추 척수장애인이다. 그녀가 힘들어하는 것은 체온 조절이 원활하게 되지 않아 작은 추위와 더위에도 매우 민감했고 취약하다는 것이었다. 손가락의 근육도 거의 빠져나가 뼈만 앙상했다.

그럼에도 그녀는 자동차를 손으로 운전할 수 있도록 개조해 직접 운전하고 다녔다. 물론 곁에는 활동지원사가 늘 동행해야 했다. 그녀는 사람들과 대화하는 걸 좋아했고, 자신이 가진 것을 주변에 나누는 일을 기뻐했다. 드라이브도 즐겨서 나와 가끔 차를 타고 나가기도 했다. 지나가는 사람이 그녀의 운전 모습을 보았다면, 멀쩡해 보이는 두 여자가 앞뒤로 앉아 있는데 왜 중증장애인이 운전을 하지? 하고 의아해했을지도 모른다.

어느 날 나는 그녀의 집에 초대받았다. 그녀는 요리도 좋아해서, 내가 도착하자마자 미리 만들어둔 갖가지 음식을 식탁 위에 푸짐하게 내놓았다. 우리는 맛있게 먹으며 감탄을 연발했고, 아낌없이 칭찬해주었다.

그렇게 한창 수다 삼매경에 빠져 있을 때였다. 갑자기 그녀가 날카로운 비명과 함께 울음을 터뜨렸다. 나는 깜짝 놀라 "갑자기 왜 그래?" 하고 물었다. 그녀는 자신의 발가락이 피범벅이 되었다며 울면서 말했다.

그녀가 애지중지 키우는 하얀 몰티즈가 식탁 아래에 있었는데, 강아지 입 주변이 피범벅이었다는 것이다. 이상하다고 느낀 그녀가 자신의 발가락을 보고서야 거의 비명에 가까운 소리를 지르며 울기 시작했다. 그녀는 가슴 아래로 감각이 없었다. 우리가 수다에 빠져 있는 동안 강아지가 그녀의 엄지발가락을 물어뜯고 있는 줄도 몰랐던 것이다.

20대의 어느 날, 저녁에 친구와 술을 한잔 거나하게 마시고

둘이서 비틀비틀 길을 걷던 그의 뒤에서 자동차가 경적을 울렸다. 그러자 서로 비켜서려고 하다가 그만 뒤에서 오던 자동차에 그만 치이고 말았다. 그러자 곁에 있던 친구가 그를 번쩍 등에 업고 자동차 안으로 그를 옮겨 태웠다. 119가 올 때까지 움직이지 말았어야 할 순간에 몸을 움직인 것이 원인이 되어, 그는 허리 아래로는 움직일 수 없는 척수장애인이 되고 말았다.

그는 장애를 갖기 전 유도 선수로 활약했을 만큼 건강했고 체격도 좋았다고 했다. 사람들이 장동건을 닮았다고 말하곤 했다. 물론 나는 볼 수 없으니 확인할 방법이 없다. 나는 가끔 처음 만나는 사람을 두고 옆 사람에게 "어떻게 생겼어?" 하고 묻곤 하는데, 설명을 듣다 보면 남자는 대부분 장동건에 가깝고 여자는 김태희에 가깝다. 그래서 나는 여자에 대해서는 잘 묻지 않는다. 나보다 더 예쁘면 용서할 수 없기 때문이다. 웃자고 하는 말이니 죽자고 덤비진 마시길.

그도 자동차를 타면 마치 자기 세상인 양 속도를 내며 즐기곤 했다. 어느 날 장애인 행사가 있어 그와 함께 행사장에 가기로 했다. 행사장으로 가는 길목에 우리 집이 있어 그는 가는 길에 나를 태워주겠다고 했다.

행사를 마치고 그는 나를 내려주기 위해 우리 집 앞에 차를 세우고 잠시 주차했다. 그런데 주변에 도와줄 사람이 없었다. 그는 차에 오르내릴 때 휠체어를 트렁크에 실어줄 사람만 있으면 혼자 이동이 가능했고, 나도 우리 집으로 들어가는 길은 익숙하니 별 걱정이 없었다. 하지만 밤늦게 도착해 주차하려고 보니 출입구에서 한참 먼 곳밖에는 자리가 없었다.

우리는 지나가는 사람이 나타나길 기다렸다. 마침 누군가 지나가자 그는 창문을 내리고 그 사람을 불렀다. 그리고 나를 가리키며 정중하게 부탁했다.

"죄송하지만, 이분을 저기 중앙 현관문까지만 안내해주실 수 있을까요?"

그러자 그 사람은 말했다.

"아저씨가 하시지 왜 그러세요?"

그럴 만도 했다. 밖에서 보기엔 차 안에서 멀쩡한 사람들이 데이트를 즐기고 있는 것처럼 보였을 테니 말이다. 그래서 나는 얼른 말했다.

"제가 시각장애인이고요. 옆에 이분은 휠체어 장애인이에요."

그러자 그 사람은 잠깐 멈칫하더니 이렇게 말했다.

"싫어요. 무서워요."

순간 나는 어처구니가 없어 헛웃음이 나왔다. 무섭다고? 대체 누가 누구를 무서워한다는 걸까. 보이는 그 사람이 무서웠을까, 안 보이는 내가 무서웠을까.

더 지체할 수도 없어서, 나는 그에게 창문을 열어두고 내가 걸음을 뗄 때마다 "오른쪽", "왼쪽", "그대로 직진" 하고 방향을 외쳐달라고 부탁했다. 사실 시각장애인이 혼자 걷게 되면 자신은 똑바로 걷는 것처럼 느껴도 어느 한쪽으로 기울어 걷기 쉽다. 그는 내가 한 발 내딛을 때마다 "오른쪽이요, 왼쪽이요, 그대로 직진이요" 하고 외쳐주었고, 그렇게 나는 무사히 현관까지 도착할 수 있었다.

이렇게 씩씩하게 살아가는 내 모습을 보며 많은 사람들은 내가 장애를 완전히 극복한 것 같다고 말하곤 한다. 하지만 내가 생각하는 장애는 어느 날 갑자기 사라지거나, 마음을 단단히 먹는다고 넘어설 수 있는 산이 아니다. 장애는 하루의 시작부터 끝까지 나를 따라다니는 현실이다. 그러니 장애인에게는 하루하루, 아니 매 순간을 살아내는 과정 자체가 '도전'인지도 모르겠다.

매일 더 많은 일들이 벌어지지만 그래도 나는 나아간다. 모든 장애인들이 각자의 장애를 안고서 각자의 속도로 더 멀리 나아가기를, 씩씩하게 살아내기를 바라면서.

시각장애인들과
제주 올레길 여행

2015년 여름방학과 겨울방학, 나는 자립생활대학 학생들을 중심으로 두 차례 집단 동료상담을 열었다. 3박 4일 일정이었다. 준비 과정에서 현실적인 조건들이 분명했다. 휠체어 이용자 중에는 잠자리가 반드시 침대여야 하는 경우가 많았고, 이동과 접근이 가능한 장소를 찾아야 했다. 그런 점에서 보면 단순한 시각장애인은 큰 변수가 아닌 편이었다. 중간중간 강연을 넣고, 서로 교제할 수 있는 시간도 따로 마련했다.

이듬해부터는 전국으로 확대해 워크숍을 진행했다. 해를 거듭할수록 예상치 못했던 불편이 드러났다. 앞이 잘 보이지 않는 시각장애인들은 이곳저곳에 부딪힐 수밖에 없는데, 휠체어의 모서리와 발판, 손잡이 같은 데에 몸이 부딪히는 일이 빈번했다. 휠체어 이용자들도 난감해했다. 그 순간 나는 깨달았다. 비장애인들의 인식 개선도 중요하지만, 장애인들끼리도 타 유형의 장애를 이해하고 배우는 과정이 필요하다는 것을.

그래서 나는 휠체어 장애인과 시각장애인을 분리해 워크숍을 진행하기로 했다. 먼저 2018년부터 시각장애인만을 대상으로 새로운 형태의 워크숍을 열어보기로 했다.

Walking, Thinking, Feeling.

2018년 8월, 우리는 제주 올레길로 향했다. 3박 4일 동안 코스를 정해 걷고, 저녁에 숙소로 돌아오면 그날 느낀 점과 배운 점을 서로 나누는 방식이었다. 시각장애인들만 이용하는 전용 사이트에 공지해 참가자를 딱 열 명만 선정했다. 조건이 있었다. 단순 여행이 아니라 하루에 보통 15~18킬로미터를 걸어야 했으니 평소 자기 관리가 되어 있는 사람이어야 했다. 그리고 상담에 관심이 있는 사람이 중심이 되어야 했다. 저녁에 원으로 둘러앉아 자신의 감정을 나누는 시간은 생각보다 많은 인내와 집중이 필요했고, 상담에 관심이 전혀 없는 사람이 섞이면 서로에게도 낯설고 불편한 시간이 될 수 있었기 때문이다.

생각보다 많은 기관과 개인이 후원을 해주었다. 3박 4일 일정인데도 개인부담금이 10만 원밖에 들지 않았다. 나는 그 고마움을 어떻게 표현해야 할지 몰랐다.

첫날 제주에 도착해 참가자들을 전맹과 약시로 나눴다. 내 활동지원사가 네비게이션을 보며 선두에서 길을 잡았고, 맨 뒤에는 걷는 속도가 안정적이고 시야가 비교적 좋은 사람을 배치했다. 중간은 약시와 전맹을 짝지어 걷게 했다. 봉사자까지 합쳐 총 열여섯 명이었다.

숙소에서 이른 아침 나왔는데도 어느새 햇살이 땅을 뚫을 듯 뜨겁게 달아올랐다. 모두 지치면 그늘을 찾아 땀을 식히며 쉬었다. 준비해온 물과 음료를 마시고 과일로 에너지를 채웠다. 그럴 때 누군가는 오카리나를 불었고, 누군가는 노래를 불렀고, 누군가는 시를 읊었다. 다시 에너지를 충전해서 다음 코스까지 걷고 또 걸었다.

오후 4시쯤 숙소로 돌아오면 모두 녹초가 됐다. 샤워를 하거나 잠시 잠을 청하기도 했다. 그래도 저녁이 되면 어김없이 하루의 감정과 배움을 한 사람씩 돌아가며 나눴다.

마지막 날 저녁, 숙소에서 멀지 않은 곳에 해물을 듬뿍 넣어 끓인 칼국수 맛집이 있다는 걸 알게 됐다. 마지막 날이니 술도 한잔하고 싶다는 의견도 나왔다. 제주도 해물이야 싱싱할 수밖에 없을 것이고 그 해물을 넣고 끓인 칼국수를 생각하니 저절로 입안에 군침이 돌았다.

그런데 그곳으로 걸어가고 있을 때 갑자기 비가 쏟아지기 시작했다. 앞이 보이지 않을 정도로 굵고 세찬 비가 그칠 줄을 몰랐다. 숙소로 되돌아갈 수도, 그렇다고 식당으로 가기에도 아주 애매하게 난감한 상황이었다. 사람들의 의견은 기왕 내친걸음이니 가보자는 것이었다. 우리는 이미 온몸은 비를 쫄딱 맞아 영락없이 생쥐 꼴을 하고 있을 테니 상관없다는 말이었다. 우리는 그 세찬 비를 맞으면서 걸어야 했다.

식당 앞에 도착하고 보니 밖에까지 사람들이 줄을 서 있었는데 그들도 역시 비를 맞고 있기는 마찬가지였다. 한참을 기다려 들어간 식당은 완전히 만원이었으나 그들이 가져온 칼국수는 역시 기대 이상이었다. 가마솥만 한 냄비에 온갖 해산물이 푸짐하게 들어 있었다. 한여름이라고는 하지만 그러잖아도 비를 쫄딱 맞아 으슬으슬 한기가 돌고 있었는데 입안으로 따끈하고 시원한 해물 국물이 들어가자 온몸의 피로가 확 풀리는 듯했다. 국물은 감칠맛이 돌았고 힘들었던 순간들을 싹 잊어버릴 만큼 맛있었다. 숙소로 되돌아갈 때는 언제 비가 왔었냐는 듯이 말짱해졌다.

이듬해 2월이 왔다. 3월 개강 직전 다시 제주 올레길을 가기 위해 준비하느라 바삐 움직였다. 코스를 정하고 숙소도 예약해야 했다. 참가자 모집 공고를 냈고 역시 선정이 된 사람들에게 문자를 발송했다.

몇 명을 제외하면 다시 온 사람들이었다. 그들은 마치 오래전부터 알고 지낸 사람들처럼 반가워하며 안부를 물었다. 그중에는 지난해 8월 일정을 마친 뒤, 자조모임으로 서울과 대전을 오가며 만남을 이어간 사람들도 있었다.

사실 2월의 제주는 으슬으슬 춥다. 꽃도 없고 눈도 별로 없고, 내 기준으로는 참 별 볼 일 없는 달이었다. 참가자들에게 제주는 날씨가 변덕스럽고 언제 비가 내릴지 모르니 판초는 필수라고 안내했다. 첫날 아침부터 부슬부슬 안개비가 내리기 시작했다. 판초 속의 옷을 단단히 껴입고 숙소를 나섰다. 하필 그날 코스는 바닷가 바로 옆 해안도로였다. 안개비는 그칠 줄 모르고, 온몸으로 스며들었다.

그런데 정말 신기한 일이 일어났다. 사방에 인가 하나 없는 길에 웬 강아지 한 마리가, 마치 말없이 우리 앞을 안내하듯 딸랑딸랑 방울 소리를 내며 앞서갔다. 속도도 우리가 걷는 보조에 맞춰주는 듯했다. 한참을 그렇게 걸었는데도 누구 하나 선뜻 입을 열지 못했다..

쉴 곳을 찾아봐도, 처음 도달하는 식당 외에는 인가도, 쉼터도 없었다. 따뜻한 국물과 편히 앉을 자리가 있었으면 좋겠다는 생각 말고는 아무 생각이 들지 않았다. 겨우 식당에 도착했을 때, 우리를 앞서가던 그 강아지는 소리도 없이 온데간데없이 사라져버렸다. 대체 어디서 왔다가 어디로 간 걸까. 이상했다.

우리는 그렇게 3박 4일 일정을 무사히 마치고, 다음 여름을 기다리는 설레는 마음을 안고 돌아왔다. 그러나 아쉽게도 그다음 해 코로나19가 시작되며 더 이상 진행할 수 없었다. 2019년 여름을 끝으로, 우리의 올레길 워크숍은 막을 내려야 했다.

시각장애인 대학원생은
어떻게 공부하는가

"눈이 보이지 않는데 어떻게 그 어려운 공부를 해낼 수 있었나요?"

사람들은 내게 자주 이렇게 묻곤 한다. 내가 석·박사 과정을 어떻게 공부했는지 좀 더 자세하게 이야기해보겠다.

각 대학교에는 장애학생의 학습과 이동을 돕기 위한 장애지원센터가 있다. 장애지원센터에서는 학기 초, 장애학생들로부터 필요한 지원을 접수받아 이를 공지하고, 교내 공지를 본 학생들 가운데 지원자를 선정해 장애학생과 연계해준다. 지원 학생은 소정의 장학금을 받고 장애학생을 돕게 된다.

물론 고려대학교에도 장애지원센터가 있다. 그러나 이 제도는 학부생에게게만 해당되었고, 석·박사 과정을 밟는 대학원생에게는 적용되지 않는다고 했다. 나는 어쩔 수 없이 한 학기 동안 동료들의 도움을 받으며 학교를 다녀야 했다. 같은 과 동료에게 도움을 요청해 교내에서는 그녀와 함께 움직였다. 그녀는 학기

초 수강신청을 도와주었고, 강의실을 이동하거나 구내식당과 화장실을 이용할 때도 늘 함께해주었다. 이후 강의실과 화장실의 동선이 익숙해지자 화장실 정도는 혼자서도 다닐 수 있게 되었다.

수업 시간에는 한두 편 정도의 영상 자료를 보는 경우가 많았다. 소리가 없는 영상이 나오거나 이해가 잘 되지 않는 부분이 있을 때면, 곁에 있는 그녀에게 조용히 물었다. 그러면 그녀는 다른 학우들에게 방해가 되지 않도록 작은 목소리로 설명해주곤 했다. 과제물은 음성지원 컴퓨터를 이용해 내가 직접 워드로 작성했고, 최종 제출 전에는 그녀가 한 번 더 점검해주었다. 발표를 해야 할 때는 내가 작성한 과제물을 휴대용 기기에 담아 이어폰으로 들으며 발표했다. PPT 작성은 학우들의 도움을 받았다. 다른 학생들보다 더 많은 절차가 필요했고 과정 하나하나가 힘들었지만, 내 손으로 하나씩 해낼 때마다 가슴이 벅차고 뿌듯했다.

하지만 2학기가 되어도 학교 측의 입장은 변하지 않았다. 대학원생에게는 장애 지원을 제공할 수 없다는 것이었다. 결국 2학기 역시 동료들의 도움으로 학교를 다녀야 했다. 3학기에도 다시 장애지원센터에 지원을 요청했고, 그제야 비로소 학습도우미를 이용할 수 있게 되었다.

지금 돌이켜보면 나는 참으로 운이 좋은 사람이다. 이 힘든 과정에서 도움을 주었던 손길과 제도가 없었다면 과연 이 모든 일을 해낼 수 있었을까. 그동안 나를 도와준 모든 이들에게 깊이 감사할 따름이다. 그런 노력 덕분인지, 석사 졸업 당시에는 우수논문상과 특별상도 받을 수 있었다.

공부하면서 가장 큰 걱정은 학비였다. 다행히 학자금 대출 제도가 있다는 것을 알게 되었고, 운 좋게도 졸업할 때까지 전액 장학금을 받을 수 있어 학업을 마칠 수 있었다. 다만 상담을 배우기 위해서는 별도의 수련 과정을 거쳐야 했는데, 그 비용은 개인이 부담해야 했다. 나는 학자금 대출로 학비를 충당하고, 학교에서 받은 장학금은 2년간의 수련 과정에 사용했다. 교통비는 장애인 감면 덕분에 열차는 50퍼센트 할인받을 수 있었고, 지하철은 무료로 이용할 수 있어 큰 부담은 없었다.

석사를 마치고도 마음 한편의 허전함은 쉽게 가시지 않았다. 결국 나는 박사과정에 도전하기로 결심했다. 계속 공부해보고 싶다는 마음 때문이었다. 그러나 석사 졸업과 동시에 지도교수님이 은퇴하시게 되어 새로운 길을 찾아야 했다. 나는 현재 우리나라에서 임상심리학자로 명망 있는 또 다른 교수님을 찾아뵙고 상의하기로 했다.

그 교수님은 미국 예일대학교에서 박사학위를 받으셨고, 고려대학교 상담심리학과에서 한 교수님의 뒤를 이어 재직 중이었다. 나는 이미 평생교육원에서 그분의 강의를 수강한 적이 있었기에 명성도 잘 알고 있었고, 교수님 역시 나에 대해 알고 계실 것이라 믿었다.

메일로 약속을 잡아 교수님을 찾아뵙고 박사과정을 수학하고 싶다고 말씀드렸다. 그러나 교수님은 한 치의 망설임도 없이 어렵다고 단호하게 말씀하셨다. 그 순간, 나도 모르게 눈물이 한 방울 떨어졌다. 눈물이 난 것도 당황스러웠지만, 주저 없는 거절은 더 큰 충격이었다. 나는 급히 마음을 가다듬고, 그동안 어떻게 공부해왔는지 교수님도 잘 아시지 않느냐며 다시 한번 간곡히 부탁했다.

교수님은 나의 성실함에는 의심의 여지가 없고 충분히 잘 해낼 수 있을 것이라 믿는다면서도, 박사과정은 지도교수와 박사생이 같은 주제로 연구를 이어가는 과정이기 때문에 나와는 연구 주제가 맞지 않아 함께할 수 없다고 설명하셨다. 그 말씀이 충분히 이해되었고, 그것이 오히려 나를 배려한 결정이라는 사실을 깨닫는 데는 오래 걸리지 않았다.

교수님께 인사를 드리고 돌아오는 길은 오히려 홀가분했다. 이후 나는 전공과목과 학교 곳곳을 탐색하며 시간을 보냈다. 그러다 문득 석사 논문 심사를 맡았던 교수님 가운데 진로상담을 전공하시는 분이 떠올랐다. 나는 곧바로 그 교수님을 찾아가 상담을 받았다. 이미 상담심리학을 학부와 석사에서 공부했으니, 이제는 교육학 전반을 공부해보는 것이 어떻겠느냐는 교수님의 권유에 깊이 공감했고, 찾아뵙기를 참 잘했다는 생각이 들었다.

나는 주저하지 않고 교육학 박사과정에 지원하기로 결심했다. 교육학에는 교육심리뿐 아니라 학교행정, 평생교육, 특수교육, 교육공학 등 내가 알고 싶었던 모든 분야가 종합선물세트처럼 담겨 있었다. 2017년 박사과정 지원서를 준비하며 어떤 전공을 택할지 고민한 끝에 특수교육을 선택했다. 장애를 가지고 있으면서도 정작 장애에 대해 깊이 이해하지 못하고 있다는 생각이 들었기 때문이다. 특수교육 전반에 관한 책과 지도교수의 논문을 읽으며 연구계획서를 준비했다.

시험은 서류심사와 면접으로 진행되었고, 면접은 영어로 이루어진다고 했다. 영어 지문은 비공개였고, 주제는 면접 당일에 제공된다고 했다.

면접장에 들어서자 숨소리조차 들리지 않을 만큼 조용했다. 많지 않은 지원자들이 팽팽한 긴장 속에서 차례를 기다리고 있었다. 다른 지원자들은 영어 지문을 받아 바로 작성하고 교수의 질문에 답했다. 나는 지문을 읽어주는 방식으로 면접을 치렀고, 질문에 구두로 답했다.

어떤 지문이었는지, 어떻게 답했는지는 솔직히 잘 기억나지 않는다. 그렇게 2017년, 나는 고려대학교 대학원 교육학 박사과정에 입학하게 되었다. 뿌듯함도 잠시, 박사과정이 얼마나 험난한 길인지 곧바로 실감하게 되었다.

인원수도 많지 않았고 각자 공부만 하는 공붓벌레들이어서 그런 학우들에게 섣불리 말 붙이기도 어려웠다. 첫 시간부터 교수님께서는 영어로 수업을 진행하셨다. 반드시 영어로 들어야 하는 필수과목이었다. 게다가 한 학기 동안 진행될 지도 교수님의 교과목에 대해 단톡방을 만들어 학생들에게 보내주셨는데 한글은 한 글자도 보이지 않았다. 숨이 턱 막혔다.

박사과정에 입학하기 전 면접을 볼 때 교수님께서는 내게 수업을 영어로 진행하게 될 텐데 괜찮겠느냐고 내게 물으신 적이 있었다. 교수님의 말씀에 내가 "미국으로 유학 갔다고 생각 하겠습니다."라고 답했던 것이 생각났다. 얼굴이 후끈 달아올랐다. 현실에서 막상 닥치고 보니 그저 눈앞이 캄캄해져 왔다. 매시간 그것을 읽고 스스로 공부하고 그 내용에 관련된 각자의 소견을 단톡방에 올려야 했다. 한 학기에 들어야 할 이수 과목은 많지 않지만 양보다 질이라고 할까? 그 무게감에 압도될 지경이었다.

다른 과목들도 역시 이와 거의 같았기에 스스로 공부해야 하는 분량은 참으로 어마어마했다. 매번 여러 교재뿐만 아니라 주제와 관련된 논문들을 검색하고, 읽고 글을 쓰는 과정들이 나를 숨 막히게 했다. 역시 박사과정은 뭐가 달라도 달랐다. 무게감으로 가슴이 오그라들고 긴장되었다.

나는 교재를 바로바로 읽을 수도 없었고, 논문들은 대부분 PDF 형태라 텍스트로 변환하는 과정을 거쳐야만 읽을 수 있었다. 어렵게 논문을 찾아도 내가 원하는 내용이 아니면 가차 없이 다시 버리고, 또다시 같은 과정을 반복해야 했다. 한 달쯤 지나자 '사람이 할 짓이 아니다'라는 생각이 들 정도였다.

나는 본의 아니게 다른 사람들에 비해 오랫동안 학교를 다녔지만, 그때 처음으로 '학교를 그만둘까' 하는 고민을 할 만큼 힘겨웠다. 입학한 지 채 한 달도 되지 않아 내가 느낀 박사과정은 버겁다는 느낌이었다. 솔직히 졸업할 자신이 없었다. 누가 세상에서 공부가 제일 쉽다고 했던가…? 이렇게까지 꼭 해야 하는 걸까, 내가 무엇 때문에 이러고 있나 하는 물음과 함께 수업의 내용도 머릿속에 잘 들어오지 않았다.

학우들은 서로가 바쁘다 보니 학우들과의 교제할 시간도 거의 없었다. 그들이 공부를 해내야 할 분량을 잘 알기에 그들에게 가까이 다가가 말을 붙이기도 어려웠다. 나 또한 공부의 양에서도 그랬지만 그러한 것들을 해내야 하는 과정에서 다른 사람들에 비해 더 많은 시간이 필요했기에 정신적으로든 육체적으로든 잠시도 쉴 겨를이 없었다. 그리고 학생들 대부분이 직장을 다니며 학업을 병행하고 있어서 수업이 끝나면 다들 집에 가기에 바빴다.

자연히 학교생활은 긴장의 연속이었고 삭막하기만 했다. 그렇다고 어렵게 입학했는데 포기하고 싶지는 않았다. '버틸 수 있을 때까지 버텨보자'고 스스로를 다독였다. 휴학을 하더라도 일단 한 학기만은 어떻게든 마치고 생각해보자는 마음으로 꾸역꾸역 견뎌냈다.

그렇게 3개월이 지나 방학이 되자 조금은 살 것 같았다. 숨을 제대로 쉴 수 있을 것 같았다. 방학이 이렇게 고마운 줄은 초등학교 이후 처음 느껴보는 기분이었다. 하지만 개강 날짜가 가까워질수록 '다시 학교를 어떻게 다녀야 하지' 하는 두려움이 앞서 가슴이 오그라들기만 했다.

2학기 시작을 앞두고 휴학할지, 1학기처럼 버텨볼지 갈등했다. 결국 '다시 한번 해보자'는 쪽으로 마음을 굳혔고, 석사 때처럼 장애지원센터에 지원을 요청했다.

이번에는 조금 뻔뻔해지기로 했다. 함께 공부하는 학우에게 적극적으로 도움을 부탁했더니, 마침 그녀가 직장에 휴직계를 낸 상태라 시간적 여유가 있다며 흔쾌히 나를 돕겠다고 했다.

정말 고마웠다. 나는 그녀와 방과 후에 그날 배운 내용에 대해 '나머지 공부'를 했다.

박사과정 수업은 대부분 세미나와 토론 형식이라, 과목에 따라 주제를 정해 발표해야 했다. 내가 발표할 때는 주제와 관련된 논문과 참고문헌을 읽고, 마지막에는 내 의견과 연구의 제한점까지 정리해 발표하는 방식이었다. 1년이 지나자 그동안 내가 모르는 것이 너무 많았다는 사실이 더 또렷해졌고, 처음 제출했던 계획서보다 훨씬 깊이 있게 공부해야겠다는 생각도 들었다. 조금은 자신감도 생겼다.

함께 공부하는 학우들이 대부분 20~30대였고, 거의 외국으로 유학을 다녀왔으며, 외국에서 온 유학생들도 있었다. 그중에 일본에서 온 20대 후반의 학우가 있었다. 그는 호주에서 공부를 하고 우리나라에 온 친구여서 일본어는 물론 영어, 중국어까지 자유로이 구사할 수 있었으며 한국어도 곧잘 했다. 그 동료는 일본인 특유의 친절함과 섬세함을 지니고 있었고 교내에서도 나를 잘 챙겨주는 편이었다. 그 동료와는 영어, 일본어, 한국어를 섞어가며 대화했고, 이야기를 나누다 보니 자연스럽게 개인 사정에 대해서도 알 수 있었다.

그날도 고대 지하철역에서 그를 만나 함께 강의실로 가고 있을 때 어떤 사람이 처음 학교를 방문하는 것인지 교우회관이 어디냐고 물었다. 그는 길을 묻는 사람의 말뜻을 잘 이해하지 못했고 나는 눈이 보이지 않아 설명해줄 수가 없었다. 나는 곧바로 길을 묻는 사람에게 "저는 시각장애인이고요. 이 사람은 외국인이어서 안타깝게도 알려드릴 수가 없네요. 도움을 드리지 못해 어떡하죠?"라고 답했다. 그 사람도, 나도 서로 민망하고 황당해서 웃음이 나왔다. 상황을 잘 몰라 어리둥절해하던 그에게는 내가 짧은 영어를 섞어 다시 설명해주었고, 재미있는 상황이 계속 떠올라 강의실로 향하는 내내 혼자 웃음이 났다.

나는 이런 인재들에게 적극적으로 도움을 요청하기를 주저하지 않았다. 수업 시간에 미처 내가 이해하지 못했던 부분들을 체크해놓았다가 그들에게 물었고 내가 이해가 갈 때까지 계속해서 반복했다. 그런데 놀라운 것은 나는 내가 장애 당사자이기도 하고 그동안 현장에서 수많은 유형의 장애인들을 만나는 경험을 가지고 있는 반면에 그들은 이론으로만 알고 있을 뿐 다양한 유형의 장애인들을 직접적으로 접할 기회를 거의 가지지 못했다는 것이다.

나와 함께 공부하는 시간이 그들에게 시각장애인을 직접 경험해보는 소중한 기회가 되었고, 내가 현장에서 겪은 이야기들을 들려주며 대화하고 토론하는 과정은 그들이 장애를 더 깊이 있게 공부하는 계기가 되었다. 나 역시 '내가 그들에게 도움이 될 수도 있구나' 하는 생각에 무겁기만 했던 마음이 한결 가벼워졌다. 경험만큼 좋은 스승은 없다는 말처럼, 내 경험이 결코 헛되지 않으리라는 생각에 마음도 덩달아 커져갔다.

그러나 또 하나의 난관이 나를 기다리고 있었다. 2학기를 마칠 때까지 영어 시험에 통과해야만 했다. 영어 시험을 통과하지 못하면 이 과정을 마칠 수 없으므로 반드시 통과해야만 했다. 아무리 오래 학교를 다녔다 해도, 새로운 과정의 첫 1년은 늘 어설픈 법이다. 1학기에는 다시 공부할 수 있다는 설렘과 기대를 만끽하고 싶었지만, 정신없이 보내는 사이 훅 지나가버렸다. 2학기가 되자 영어 시험을 통과해야 한다는 부담과 초조함이 본격적으로 밀려왔다.

앞서 말했듯 학우들은 대부분 유학 경험이 있거나, 토익·토플 성적으로 이미 영어 요건을 충족한 상태였다. 나도 토익 시험을 보겠다고 마음먹고 절차를 알아보기로 했다. 영어 공부는 매일 라디오를 들으며 꾸준히 해오던 터라, 시험만 통과해버리면 좋겠다는 생각이었다.

그러나 절차를 알아보니 시각장애인은 오로지 점자로만 응시할 수 있다고 했다. 나는 담당자에게 센스리더가 되는 컴퓨터나 대독으로 치르는 시험은 안 되느냐고 물었으나 그것은 안 된다고 했다. 하는 수 없이 학교에 이런 일련의 일들에 대해 말하니 나처럼 미처 준비하지 못한 사람들을 위해 학교에서는 친절하게도 전공과목과는 상관없이 따로 방학 동안 영어 과목을 수강하고 난 뒤 시험을 치르는 과정이 개설되어 있다고 했다. 방학도 없이 서울을 오가며 영어 강좌를 들어야 했다. 영어 시험 보는 날이 코 앞에 닥쳤다.

이미 나는 수강할 때 교수님께 시각장애인이라는 것을 말씀드렸고 강의 내용을 녹음해놓은 것을 매일 같이 반복해서 듣기는 했지만 그래도 자신이 없었다. 시험 날짜가 다가오자 나는 교수님을 찾아뵙고 시험을 어떻게 보아야 할지 상의할 수밖에 없었다.

나는 법적으로 중증장애인이 시험을 볼 때는 일반인보다 1.5배의 시간을 보장받고, 장애인이 필요로 하는 지원을 제공받을 수 있다고 교수님께 말씀드렸다. 교수님도 난감해하시며 방법을 고민해보겠다고 하셨다. 그리고 시험 당일, 교수님은 내가 다른 학생들보다 먼저 시험을 치르도록 하고, 직접 문제를 읽어주신 뒤 내가 답을 말하면 답안지에 대신 적어주시겠다고 했다. 그렇게 해서 내 마음 한편을 무겁게 누르고 있던 영어 시험도 무사히 통과할 수 있었다.

3학기에 접어들자 비록 힘들기는 하여도 공부할 만했고 다소 여유도 생겼다. 포기하지 않은 나 자신이 기특하고 대견했다. 4

학기를 마치자 본 논문에 대한 심리적 압박감보다도 우선 코스웍을 무사히 마쳤다는 안도감이 더 컸다. 그리고 학기 중에 본 논문을 쓰기 위한 조건을 갖추어놓았기 때문에 다소 시간적으로 여유를 가질 수가 있었다. 그 조건이라는 것은 자신이 쓰고자 하는 소논문을 인지도가 있는 학술지에 최소한 두 편 이상을 게재하는 것이었다. 나는 세 학기 중에 석사 논문에서 아쉬웠던 내용을 보완하여 한 편을 쓰고, 그동안 공부했던 내용 중에서 발췌하여 발 빠르게 소논문을 쓴 것이 다행히도 모두 학술지에 게재가 되어, 박사 논문을 쓰기 전까지는 마음의 여유를 조금이나마 가질 수 있었다.

박사과정 학비도 석사 때와 마찬가지로 한국장학재단에서 학자금 대출을 받으려 했는데 뜻밖에도 첫 학기는 지도 교수님께서 전액 장학금을 주셨다. 그다음부터는 모 기독교 단체에서 주는 장학금으로 무사히 과정을 모두 마칠 수가 있었다. 나는 그 장학금을 받을 때마다 단 한 번도 얼굴조차 본 적 없는 사람들에게 이렇듯 도움을 주고 있는 기독교 재단에 무어라 말로 다할 수 없을 무한한 감사함을 느꼈다.

나는 가능한 한 빨리 박사 논문을 끝내고 졸업하고 싶었다. 지도교수님과 논문 주제를 놓고 끊임없이 토론했고, 나 역시 여러 차례 주제를 바꾸며 조금씩 구체화해나갔다.

하지만 박사 논문을 쓴다는 것은 결코 쉬운 일이 아니었다. 지금껏 학교를 다니며 거쳐온 어떤 과정보다 힘들었다. 내가 대체 무엇을 배웠는지 모르겠고, 아는 것이 하나도 없는 것처럼 느껴졌다. 마치 백지상태로 되돌아간 것 같았다. 안개 속을 걷는 듯 아득했다.

심리학을 처음 공부할 때 공부할 분량과 깊이에 압도되었던 적이 있었다. 마치 수영장에 발을 조금씩 담그며 물속으로 스르르 몸이 미끄러져 들어갈 때 어느 순간 바닥에 발이 닿지 않고 물은 목까지 차올라 두려움과 공포로 섬뜩함을 느꼈을 때와 같았다. 그때의 두려움과 공포가 박사 논문을 쓰려할 때 되풀이되었다.

박사과정 2년여 동안 끊임없이 논문을 들여다보면서, 내가 생각하는 내용은 이미 누군가의 논문으로 다 나와 있다는 사실을 자주 확인하게 되었다. 더 깊이 고민해보면, 내 글이 근거도 부족하고 맥락도 잡히지 않은 뜬금없는 소설이 될 것만 같았다. 생각을 좁혀가도 손에 잡히는 것이 없었다. 게다가 내가 하고 싶은 말을 쓰면서도, 반드시 선행연구라는 근거 위에 세워야 한다는 사실이 피를 말리는 작업처럼 느껴졌다.

가끔 뵙는 교수님은 방향만 제시해줄 뿐, 나머지는 오롯이 혼자 해내야 했다. 활동지원사가 도울 수 있는 일에도 한계가 있었다. 그는 하루에도 수십 편의 논문을 주제별 키워드로 검색해 내가 읽을 수 있도록 정리해주는 일만으로도 버거워했다. 왜 안 그렇겠는가. 재미있는 소설을 읽는 것도 아닌데다가, 내 머릿속의 생각을 그가 어떻게 다 알겠는가. 나 역시 내 생각을 일일이 설명하는 일 자체가 너무 어렵고 힘들었다. 결국 내 생각의 조각들만 전달할 뿐이었고, 진도는 좀처럼 나가지 않았다.

어떤 날은 고민만 하다가 하루 종일 문장 한 줄 제대로 쓰지 못한 채 끝나기도 했다. 나는 주제별로 논문을 찾아 내가 쓰고자 하는 부분만 발췌해 일련번호를 매기며 차트를 만들어갔다. 지루하고 지겹고, 끈기와 인내를 요구하는 작업이었다. 그렇게 만든 차트 위에 내가 하고 싶은 말도 덧붙여 어느 정도 분량이 쌓였을 때 교수님을 찾아뵈었다. 그동안 써내려간 것들을 한번 눈으로 훑어보시고는 너무도 쉽게 다시 생각해보라고 말씀하실 때는 그동안 나의 고민과 노력을 아랑곳하지 않으시는 것만 같아 야속했고, 마음이 와르르 무너지고 앞이 캄캄하기만 했다. 글쎄, 이런 과정을 몇 차례나 반복했을까? 세어보지 않아서 잘 모르겠다.

언젠가 박상미 교수님이 내게 해줬던 말이 떠올랐다. 박사 논문을 끝낼 때까지는 어떠한 굴욕도 참아내야 할 것이라고⋯.

3부

상처받은 마음들을
들여다보다

얘, 나는 낮에도
깜깜한데?

나는 집단상담이 마음속에서 버려야 할 것들과 버리지 말아야 할 것들을 정리정돈하는 작업의 시간이라고 생각한다. 미움, 시기, 질투, 설움, 억울함 같은 감정은 내려놓고, 사랑과 위로, 따뜻함과 배려, 그리고 감사하는 마음으로 마음밭을 오아시스로 바꾸어가는 과정이다. 그동안 내가 비난하고 미워했던 사람들의 모습 속에 나 자신의 모습도 함께 있다는 것을 알게 되면서, 더 이상 그런 사람들을 미워할 수 없게 되었다. 아니, 어느 순간부터는 그들에 대한 미움 자체가 내 마음속에서 사라져버렸다. 집단상담을 마치고 집으로 돌아올 때면 몸은 조금 피곤했지만, 회차를 거듭할수록 마음은 점점 가벼워지는 것을 느낄 수 있었다.

어느 여름, 마지막 학기의 집단상담 날이었다. 그날은 유난히 피로감이 심해 몸이 무겁고, 몸살 기운이 있는 듯 온몸이 찌뿌듯했다. 벽에 등을 기대고 잠시 쉬다가 다리를 만져보니 무릎 옆에 조그만 물집이 잡혀 있었다. 며칠 동안 여러 명이 함께 한 방에서 숙식을 하다 보니 벌레에 물린 것 같다고 생각하며 대수롭지 않게 넘겼다. 집으로 돌아와 샤워를 했지만 몸은 개운하지 않았고, 피로감은 점점 심해졌다. 아무래도 독하게 몸살이 오려는 것 같아 서둘러 병원에 가야겠다고 마음먹었다.

의사에게 증상을 설명하자 몸에 다른 이상은 없었느냐고 물었다. 무슨 뜻인지 몰라 되묻자 혹시 물집 같은 것이 잡히지 않았느냐고 다시 물었다. 그제야 집단상담을 마치고 돌아오기 직전, 오른쪽 정강이에 잡혀 있던 물집을 떠올렸다. 나는 의사에게 그 부위를 보여주며 "많이 아프지는 않았고, 벌레에 물린 것 같아요"라고 말했는데, 의사 선생님은 "대상포진인 것 같습니다. 몸도 많이 아프고 힘드셨을 텐데요?"라며 오히려 아파하지 않는 나를 이상하게 바라봤다.

주사를 맞고 며칠 약을 먹으니 몸이 말끔하게 나았다. 다음 주에 바로 학교에 가서 집단상담을 끝내고 교수님께 "주말 동안 대상포진 덕분에 집에서 좀 쉬었어요."라고 했더니 교수님께서는 대뜸 "이야, 너는 독립운동 해도 되겠다."라고 말씀하셨다. 대상포진이었으면 많이 아파서 집단상담에 참여하는 동안 무척 힘들었을 텐데 어떻게 견뎌냈느냐며 하신 말씀이었다.

그 말씀을 듣고 생각해보니 나는 어릴 적부터 아파도 아프다는 표현을 잘하지 않았던 것 같다. 일찍 자고 일찍 일어나는 습관이 몸에 밴 나는 학교 다닐 때도 엄마께서 깨워서 등교를 해본 적이 거의 없을 정도였다. 항상 스스로 일어나 움직였다. 내가 늘 일어나던 시간에 일어나지 않으면 그제야 이상하게 생각하신 엄마가 내 방으로 들어와 열이 펄펄 나고 혼자서 끙끙 앓고 있는 나를 발견하기도 했다. 5남매의 맏이여서 그랬을까? 어른들에게 어리광이나 응석을 부려본 기억이 별로 없었다.

그렇게 나는 강사로, 또 학생으로 전국을 종횡무진하며 정신없이 오가고 있었다. 어느덧 학기가 끝나갈 무렵인 12월 초, 눈이라도 내릴 것처럼 음산하고 추운 저녁이었다. 수업을 마치고 학우들과 삼삼오오 짝을 지어 캠퍼스를 내려오며 귀가를 서두르고 있었다. 그때 한 학우가 걱정스러운 목소리로 말했다..

"언니, 이렇게 깜깜한데 대전까지 어떻게 가세요?"

나는 웃으며 대답했다.

"얘, 나는 낮에도 깜깜한데?"

내 말에 모두 한바탕 웃음이 터졌고, 서로를 응원하며 집으로 향하는 발걸음을 재촉했다. 참으로 무엇 하나 녹록지 않은 과정이었지만, 나는 그 모든 시간을 즐겁게 해내려고 애쓰고 있었다.

김현영심리상담연구소를 세우다

코로나19는 우리의 일상에 엄청난 변화를 가져다주었다. 장애인 동료 중에는 당시 세상을 등진 사람들도 많았다. 그런 비보를 전해 들을 때마다 우리가 그들을 위해 아무것도 해줄 수 없다는 것이 더 슬프고 가슴 아팠다. 삼삼오오 모여 맛있는 것을 나눠 먹으며 수다 삼매경에 빠지던 일, 둘레길을 걸을 때 약시자들이 전맹들을 이끌어가며 걷던 일, 가끔은 카페를 빌려 악기를 연주하며 실력을 겨루던 일…. 그런 모든 것이 한순간에 멈춰버렸다.

코로나19가 장기화되고 있었다. 언제 끝날지는 아무도 몰랐다. 방송을 듣는 것조차 겁이 날 정도다. 침울했다. 공공장소에서 재채기나 기침이라도 하면 눈치가 보였다. 가방이며 옷 주머니마다 마스크와 마스크 목걸이가 들어 있었다. 워낙에 씻는 것을 좋아했지만 가만히 보니 하루에 손을 거의 서른 번도 넘게 씻었던 것 같았다.

이런 변화보다 더 힘든 것도 있었다. 할 일이 없었다. 아니, 의욕이 생기지 않았다. 무료하고 지루한 날들이 계속됐다. 언제 끝날지 모른다는 사실이 더 답답했고 숨통을 조여오는 것 같았다. 강의도 온라인으로 진행하고 있었다. 수강생들 앞에서 직접 강의하며 그들이 내는 숨소리, 딴짓하는 소리까지도 듣고 싶었다. 때로는 그들과 질의응답을 주고받으며 생동감 있게 강의하고 싶었다. 사람이 사람을 만날 수 없다는 것, 사람을 만나는 일이 꺼려진다는 것, 정말 사람이 할 짓이 아니었다.

나는 거의 매일 산에 올라 둘레길을 걸었고, 잠시 쉴 때면 오카리나를 꺼내 불었다. 2020년 4월 대구에서 코로나19가 창궐했고, 신천지에서 집단으로 종교 활동을 하다가 수많은 감염자가 발생해 다른 지역으로 번져간다는 보도가 끊이지 않았다. 이들에 대한 사회적 지탄도 거셌다. 사람들이 모이는 모든 행사는 취소되었다. 모임 자체가 성립되지 않았다. 가장 절망스러운 것은 이런 사태가 언제 끝날지 아무도 모른다는 점이었다. 그래도 시간은 언제나 변함없이 흐르고 있었다.

어느덧 여름이 들어선다는 6월이 다가왔다. 장애인기업지원센터에서 문자가 왔다. 2019년에 대전 장애인자립생활대학을 더 넓고 쾌적한 곳, 휠체어 장애인들이 안전하게 드나들 수 있는 장소로 옮겨볼까 해서 알아보던 중이었다. 장애인기업지원 센터에서 일정 시간 교육을 이수하고 제안서가 선정되면 건물 임대나 인테리어를 지원해준다는 내용이었다. 컴퓨터를 켜고 로그인해보니 필요한 양식이 모두 들어 있었다. 예전에 교육을 받아놓았지만 다시 받아야 한다고 했다. 역시 온라인으로 하는 교육이었다. 나는 교육을 다시 듣고 제안서도 작성해보기로 했다. 종일 온라인 교육을 듣는 것도 결코 쉬운 일은 아니었다. 교육을 이수하고 제안서를 살펴보니 작성해야 할 분량이 너무 많았다. 거의 40쪽이나 되는 방대한 분량이었다.

여름 동안 나의 계획은 박사 논문을 끝내고 나면 상담실을 운영하며 사례집을 만들고 조용히 글을 쓰며 지내는 것이었다. 하지만 인생은 언제나 계획대로 되지 않는 법. 내가 막상 장애를 갖고 보니, 장애 당사자는 물론 그 가족, 그리고 장애 관련 종사자들에게도 지속적인 심리 상담이 절실하다고 느낄 때가 많았다. 이들을 위한 꾸준한 상담뿐만 아니라, 심리적 지원을 위한 프로그램 개발도 시급하다고 늘 생각해왔다. 생각보다 해야 할 일이 많았다. 마음이 바빠졌다.

비영리단체와 법인의 차이, 설립 과정도 알아야 했다. 이런 모든 것을 해내기 위해 가장 먼저 필요한 것은 사무실이었다. 개인으로 제안서를 내는 것이니 이름을 무엇으로 할지도 고민이 되었다. 하나씩 구체적으로 설계해나갔다. 결국 내 이름을 걸고 하기로 결정했다.

김현영심리상담연구소

제안서를 작성하기에 앞서 컨설팅을 해주겠다는 연락을 받았다. 컨설팅을 받고 나니 생각이 더 구체화되었고 어느 정도 자신감도 생겼다. 거의 일주일 동안 종일 책상 앞에 앉아 제안서를 쓰고, 고치고, 또 고치며 완성해나갔다. 마감일이 다가왔다. 제안서를 제출하고 나니 홀가분했다. 선정이 되고 안 되고는 다음 문제라고 생각했다.

전국에서 스무 명을 선정한다고 했다. 며칠 뒤 문자가 왔다. 1차 서류심사를 통과했으니 2차 면접이 있다는 내용이었다. 면접관들은 내가 제출한 서류를 검토한 뒤, 과연 제안서대로 사업을 이끌어갈 역량이 있는지, 자격 요건을 갖추고 있는지 꼼꼼하고 예리하게 질문했다.

항상 시간은 상대적이다. 꽤 긴 시간이 흐른 것만 같았다. 2차 면접도 무사히 합격했다. 합격한 스무 명은 서울 본사로 올라가 종일 교육을 받아야 했다. 각종 유의사항부터 앞으로 해야 할 일들까지 교육을 받고 질의응답도 했다. 장애 유형도 다양했고,

각자가 하려는 사업도 다양해서 놀라웠다.

시각장애인은 나를 포함해 두 명이었다. 다른 시각장애인 한 분은 안마원을 운영하겠다고 했다. 하루가 멀다 하고 생겨나는 카페 문화 때문인지, 카페를 운영해보겠다는 사람들이 의외로 많았다. 그러나 그 스무 명 중에 심리상담소를 운영하겠다는 사람은 나뿐이었다.

나는 사무실 임대료로 지원받을 수 있는 1억 3천만 원 안에서 사무실을 구해야 했다. 그런데 보증금과 월세를 함께 받는 건물주들이 대부분이라, 전세금만 받고 임대해주겠다는 건물을 찾는 일은 결코 쉽지 않았다. 그동안 무엇 하나 손쉽게 된 일이 없었으니 이런 일도 당연하게 느껴졌다. 이 정도 수고로움쯤이야 아무것도 아니라는 생각이 들었다.

8월, 찜통 같은 더위에 마스크를 쓰고 건물을 찾아다녀야 했다. 코로나19로 빈 건물들이 많았다. 어떤 곳은 집기들까지 그대로 둔 채 나가버린 곳도 있었다. 그들은 얼마나 속이 상하고 가슴 아팠을까. 누구도 예기치 못했던 천재지변 앞에서 속수무책으로 당했고, 누구를 원망할 수도 없는 상황을 쉽게 받아들이기도 어려웠을 것이다.

공실이 많으니 임대료가 시세보다 조금은 싸지 않을까 예상했지만 오산이었다. 시쳇말로 '주님 위에 건물주'라는 말이 실감났다. 그래도 부지런히 발품을 판 덕분인지, 전세금만으로 임대해주겠다는 건물이 나왔다. 그것도 대전시청에서 가까운 중심가였다.

들어가보니 남향이라 햇살이 잘 들어왔고, 무엇보다 마음에 들었던 것은 바닥을 마루로 깔아 반질반질 광택이 나도록 니스를 잘 발라놓았다는 점이었다. 넓은 홀이 있어 시원스러워 보였다. 춤을 추고 싶어질 만큼 마음이 들떴다. 특별히 인테리어를 할 것도 없이 사무실로 쓰기에 적합하게 칸막이도 잘 되어 있었다. 정말 마음에 쏙 들었다. 곧바로 계약을 하기로 했고, 일은 일사천리로 진행되었다. 다음으로 사무실에 채울 집기들을 구하기 위해 또다시 발품을 팔아야 했다.

간판도 맞춰야 했다. 마침 상업디자인을 전공한 지인이 기꺼이 디자인을 해주겠다고 했다. 로고도 필요했다. 나는 각계각층 여러 사람들에게 의견을 물었다. 생각보다 많은 의견이 쏟아졌다. 그중 내 마음에 들어오는 것이 있었다.

지심지담知心知談

한 사람의 마음을 헤아리며 깊은 대화를 하고 싶다는 마음을 담았다. 요즘처럼 어디를 봐도 외래어들이 넘쳐나는 세상에서 한자라는 것이 다소 고루하고 시대에 뒤처진 느낌이 들 수도 있지만, 한자 문화권인 우리나라에서는 한자만큼 간략하게 뜻이 전달되는 언어도 드문 것 같았다.

한학을 공부한 지인이 서예로 로고를 써주었다. 필체가 정말 예술이었다. 그는 조선시대 명필가인 추사 김정희 선생으로부터 직계로 이어져 정통으로 수학했던 그의 할아버님에게서 직접 사사했다. 그의 작업실에 가본 적이 있다. 그곳에 발을 들어서자마자 그윽한 묵향이 먼저 들어왔다. 순간 정신이 맑아지는 것만 같았다. 한지와 먹, 벼루 등이 정갈하고 가지런하게 진열되어 있었다. 그는 벌써 수년째 천자문을 다섯 가지 필체로 써내려가는 작업을 하고 있다. 그 작업이 얼마나 고되고 힘든 일일지는 짐작하기도 어려웠다.

김현영심리상담연구소도 어느 정도 구색을 갖춰가기 시작했다. 그리고 2020년 10월 21일, 조촐하게 개소식을 가졌다. 여기저기서 답지한 화분들이 사무실 분위기를 살려주었다. 해놓고 보니 뭔가 뿌듯하고 설레고 가슴이 벅찼다. 전체 분위기는 깔끔하고 아늑했고, 상담실 조명은 따뜻한 색으로 맞췄다.

이것도 개업발일까. 사람들이 지나가다 들렀다며 찾아오기도 했고, 개인 상담을 받겠다는 사람들도 있었다. 부부 상담을 받고 싶다는 문의도 들어왔다. 첫 내담자는 비장애인이었고, 근처에서 식당을 운영하는 젊은 사장이었다. 총 10회기를 진행했던 것 같다. 그 뒤로도 심심치 않게 문의가 이어졌고, 나 역시 긴장을 늦추지 않았다.

2020년도 저물어가던 연말의 어느 날, 나는 문득 지역사회 시설이나 복지관 등에 연락해 사회복지사들에게 무료 상담을 해주겠다는 공문을 보냈다. 뜻밖에도 여러 곳에서 의뢰가 들어왔다. 시각장애인협회에도 공문을 보내 시각장애인들에게 무료 심리상담을 제공하겠다고 알렸다. 아무래도 내가 시각장애를 가지고 있다 보니 시인들에게 마음이 더 쓰이는 것은 인지상정일 것이다. 나는 매일 일정을 관리했다. 사람들은 저마다 다양한 고민을 안고 있었다.

코로나19로 모든 것이 멈춰버린 듯한 세상에서, 나는 다시 새로운 도전을 시작했다. 새해가 밝았지만 멈춰 있는 시간은 그대로였다. 거리에서 활기차게 오가는 사람들을 보기 어려웠고, 혹시 열차를 탈 일이 있어도 모두 마스크를 쓴 채 입을 꽉 다물고 있어야 했다.

마음 한편에는 늘 헛헛함이 남아 있었다. 뭔가 끝맺음을 하지 못한 아쉬움, 미련 같은 것이 자리하고 있었다. 고민할 것도 없이 박사 논문 때문이라는 것을 스스로도 알고 있었다. 마침표를 찍어야 하는데, 박사 수료만 하고 최종 논문을 미뤄두고 있었다.

지도 교수님과 몇 차례 논문 이야기를 상의했지만, 교수님은 박사 논문은 본인이 알아서 쓰는 거라는 말 외에는 별다른 답을 주지 않으셨다. 내 고민을 아랑곳하지 않는 것처럼 느껴져 야속할 때도 있었다. 주제와 그에 따른 방법을 어떻게 할 것인지 끊임없이 고민해야 했다. 마음은 무거웠다. 체증이 쑥 내려가지 않는 듯, 목 언저리에 무엇인가 걸려 있는 느낌이었다.

코로나19가 2년째로 접어들었다. 이제는 장기전이 될 것 같았고, 끝이 보이지 않는 지루한 시간을 견디는 일만 남은 것 같았다. 그렇다면 이 시간을 어떻게 보낼 것인가. 나는 논문을 쓰기로 마음먹었다.

내가 고민해왔던 주제들을 가지고 동료들을 모아 몇 차례 설명했고, 방향을 어떻게 잡으면 좋을지 의견을 구했다. 그들도 각자 바쁜 일정이 있어 많은 시간을 빼앗을 수는 없었다. 미안했지만, 어쩔 수 없다고 마음을 다잡았다. 뜻밖에도 그들은 좋은 의견을 주었고, 논문을 마칠 때까지 적극적으로 돕겠다고 했다. 정말 고마웠다. 가슴이 뭉클했다.

그들의 도움을 힘입어 학교 측에도 더 적극적으로 지원을 요청하기로 했다. 장애 지원 담당자는 이미 나를 잘 알고 있었기에 처음에는 난색을 표했지만, 결국 내가 원하는 학습도우미를 모집 공고를 통해 구해보겠다고 했다. "오, 하나님 감사합니다!" 저절로 말이 나왔다. 학교에서는 간담회를 열어 매주 한 번씩 논문 진행 과정을 보고하고 토론하는 기회도 마련해주었다.

그렇게 해서 나의 박사 논문이 시작되었다. 세상에 나올 만한 훌륭한 논문, 혹은 세기에 한 번 나올까 말까 한 거창한 논문을 쓰겠다는 생각은 이미 오래전에 내려놓았다. 그저 졸업하는 데 의의를 두기로 했다. 어떻게든 마침표를 찍고, 박사 수료생이 아니라 '진짜 박사'가 되고 싶었다.

내 논문은 결국 책장 한편에 얌전하게 꽂혀 있거나, 라면 받침대가 될 가능성이 크다는 것도 잘 알고 있었다. 누군가가 내 논문을 본다면, 아마 내가 선택한 주제와 유사한 연구를 하다가 키워드를 검색해 참고 자료로 일부를 읽는 정도일 것이다. 그럼에도 불구하고, 나는 반드시, 꼭, 필히 통과해야 했다.

나는 규칙적인 시간에 매일 출근했고, 상담 일정이 없는 시간에는 논문 쓰는 일에 매달렸다. 그러다 보니 조금씩 내용이 채워져갔다. 내가 정말 쓰고 싶었던 주제는 심리학적 연구였고, 근거이론을 바탕으로 질적연구를 하고 싶었다. 하지만 교육학으로 박사 논문을 써야 했기에 지도 교수님과 잠시 갈등이 있었다. 결국 졸업을 위해 어쩔 수 없이 차선책으로 주제를 바꾸기로 했다. 그렇게 하니 진행 속도가 붙었다.

논문이 막바지에 이르렀을 즈음, 그날도 혼자 사무실에 남아 글을 써내려가고 있었다. 장마철이라 종일 세차게 비가 내렸다. 그러다 문득 고개를 들어 창밖을 보았다. 그제야 시간이 꽤 흘러 어느새 저녁이 된 것을 알아차렸다. 그 순간, 내가 누구인지, 어디에 있는지, 무엇을 하고 있었는지도 잊고 있었다는 사실을 깨달았다. 시공을 초월해 무아지경에 빠져 있었다는 표현이 맞을 것 같다. 그런 경험은 처음이었다.

고려대학교는 1년에 졸업식이 두 번, 날짜가 정해져 있다. 8월 25일과 2월 25일이다. 2023년 8월 25일, 드디어 나는 박사학위를 수여받았다. 다만 졸업식은 이듬해인 2024년 2월 25일에 열린다고 했다. 어쩌면 내 인생의 마지막 학교 졸업식이 될지도 모른다는 생각이 들어 참석하기로 했다.

나와 절친한 언니가 대전에서 함께 가주기로 했다. 뜻밖에도 권 박사가 같이 가겠다고 했다. 그는 시각장애에 더해 지체장애까지 있어 휠체어를 타고 이동할 때마다 누군가의 도움이 필요한 사람이다. 아주 특별한 경우가 아니면 밖에 잘 나오지 않는데, 용기를 내준 것이 정말 고마웠다. 서울에서는 나와 함께 심리학을 공부했고, 광운대에서 박사를 하고 있던 후배도 와주기로 했다. 그녀는 남편과 함께 와서 차로 이동을 도와주고, 순간 순간을 사진으로 담아주었으며, 우리들의 치다꺼리도 마다하지 않고 거들어주었다.

추운 날씨에도 불구하고 나를 축하해주기 위해 와준 사람들이 정말 고마웠다. 대전에는 이미 시각장애인협회장과 안마사협회장, 그리고 시인 동료 몇 명이 식사 자리를 마련해놓고 우리를 기다리고 있었다. 이들에게 무어라 감사의 말을 전해야 할지, 기쁘고 감격스럽고 감개무량했다.

마음의
　방향

　2023년 가을, 고려대학교 장애학생지원센터에서 내게 한 통의 전화가 걸려 왔다. 담당자는 고려대학교에 재학 중인 장애학생들을 대상으로 집단상담을 진행해달라고 요청해왔다. 뜻밖의 전화를 받은 나는 정말 감개무량했다. 가슴이 벅차올랐다. 내가 2023년 8월에 고려대학교에서 교육학 박사학위를 취득한 지 얼마 지나지 않아, 고려대학교 장애학생지원센터로부터 전화가 왔다는 사실은 나를 들뜨게 만들었다. 정말 기쁨을 감출 수가 없었다.

　담당자와 여러 차례 일정을 조율했고, 장애학생지원센터에서는 교내 학생들을 대상으로 참가 공지를 냈다. 그 결과 참가를 희망한 학생은 총 다섯 명이었다. 집단상담을 진행하는 동안 이들을 도울 지원자도 선발하게 되었는데, 석사과정 학생이 지원자로 오게 되었다. 나는 그에게도 집단상담에 함께 참여할 것을 권유했고, 그는 흔쾌히 그러겠다고 했다. 매회기 3시간씩 총

4회기를 진행하기로 했다. 애초에는 8회기를 계획했으나 예산 부족으로 우선 절반인 4회기만 먼저 실시해보기로 한 것이다.

이렇게 해서 총 여섯 명을 대상으로 집단상담을 진행하게 되었다. 석사과정 학생이 두 명 있었고, 나머지는 모두 학부생이었다. 뇌병변장애인, 시각장애인, 청각장애인까지 장애 유형도 다양했다. 다만 중증장애인은 없었다.

청각장애인이 있어 속기사가 자리를 함께했다. 속기사가 기록한 내용은 곧바로 대형 스크린에 문자로 송출되어 청각장애 학생이 읽을 수 있었고, 그 학생이 답변할 때는 또렷한 육성으로 말을 했다. 발음이 어찌나 정확한지, 내가 어떻게 그렇게 발음이 정확할 수 있느냐고 묻자 그는 어릴 적부터 보청기를 사용하면서 상대방의 입술을 보며 대화해온 덕분이라고 말했다.

솔직히 시각장애인과 청각장애인은 서로 의사소통하기가 매우 어려운 조합이다. 그럼에도 불구하고 그와 나누는 대화는 전혀 불편함을 느끼지 못할 정도로 자연스러웠다. 어릴 적부터 얼마나 노력했을지, 그저 기특하고 대견하다는 말밖에는 할 말이 없었다. 그는 또 내게 시각장애라는 것을 전혀 느끼지 못할 정도로 장애인 같지 않다며, 내가 자신과 시선을 맞추며 대화하는 것이 보이지 않는다는 사실이 신기하다고 했다.

시각장애가 있는 한 학생은 어릴 적 소아암으로 한쪽 눈을 잃었고, 남은 한쪽 눈마저 시력이 빠른 속도로 나빠지고 있어 상당히 고생하고 있었다. 집이 시골이라 기숙사 생활을 하고 있다고 했다. 그는 어찌나 공부를 열심히 했는지 학사과정을 3년 만에 마쳤고, 그러면서도 복수전공을 하고 있는데 인문계열과 이공계열을 동시에 공부하고 있다고 말했다.

그의 말을 듣는 동안 나는 그에게서 뭐라 말로 다 할 수 없는 경이로움을 느꼈다. 대체 인간의 한계는 어디까지일까, 잠시 그런 생각을 해보았다.

20대 초반에 군대를 갔다가 자대 배치를 받고 얼마 지나지 않아 뇌출혈로 쓰러져 편마비 장애를 갖게 된 학생도 함께했다. 참가자들 중 유일한 여학생이면서 결혼을 하고 늦깎이로 공부하는 석사과정 학생도 있었다. 그녀는 사고를 당한 적도 없고, 특별한 질병을 앓아본 적도 없는데 어느 날부터 갑자기 손에 마비 증세가 나타나 손가락을 움직일 수 없게 되었다고 했다. 그래서 컴퓨터를 다루거나 펜으로 글을 쓰는 데 어려움이 있었다. 그런데 그녀는 자신을 장애인이라고 전혀 생각하지 않았고 장애인 등록도 하지 않은 상태였다. 다만 학습에 지장이 클 수밖에 없어, 어쩔 수 없이 장애 지원을 받고 있다고 했다. 그럼에도 그녀는 분명 손을 자유롭게 쓰기 어려운 상태인데도, 아직 자신이 장애인이라는 사실을 받아들일 수 없다고 했다.

그런 마음을 나는 충분히 이해할 수 있었다. 나 역시 시력을 잃고 나서도 한참 동안 내가 시각장애인이라는 사실을 받아들이지 못했다. 얼떨결에 받았던 장애인 등록증을 장롱 속에 처박아두고 살았던 시간도 있었다. 내가 스스로 "나는 시각장애인이다."라고 자연스럽게 말할 수 있기까지는 실로 엄청난 시간이 필요하다는 것을 누구보다 잘 알고 있었다.

마지막 날, 참석자들 가운데 유일하게 비장애인이면서 장애 학생들을 돕기 위해 함께했던 학생에게 소감을 묻자 그는 이렇게 말했다. 함께하는 시간 동안 그들이 장애인이라는 사실을 전혀 느끼지 못했고, 그 경험이 자신이 앞으로 살아가는 데 큰 도전이 될 것 같다고 했다. 그동안 작은 일에도 힘들어했던 자신이 미안할 정도라고도 했다.

이들과 나누었던 이야기들을 이곳에 하나하나 다 옮길 수는 없지만, 함께하는 동안 내 마음에 남은 생각은 딱 하나였다. 장애의 경중輕重은 그리 중요하지 않았다. 그것을 당사자가 어떻게, 얼마나 받아들이고 있느냐에 따라 삶은 달라졌다.

그들 중에는 자신이 장애인이라는 사실을 잊을 만큼 다양한 악기를 다루고, 제2외국어를 능숙하게 구사하는 학생도 있었다. 심지어 4개국어를 구사하는 학생도 있었다. 무엇보다 그들은 새로운 것에 대한 도전을 두려워하지 않는 것처럼 보였다. 방학이면 혼자 외국으로 여행을 다녔고, 밴드 동아리에서 악기를 더 잘 다루기 위해 한 학기 휴학까지 하며 악기 배우는 일에 몰두했던 적도 있다고 했다. 여행이나 악기를 배우는 데 필요한 비용은 아르바이트를 해서 마련했고, 컴퓨터 소프트웨어 프로그램이나 게임 프로그램을 만들어 용돈을 버는 학생도 있었다.

그들과 함께한 시간은 내가 상담을 통해 무엇을 하고 있는 사람인지 다시 묻게 만들었다. 나는 그들에게 용기를 주러 간 줄 알았지만, 오히려 그들의 삶의 태도와 선택 앞에서 더 많이 배우고 돌아왔다. 장애는 그들의 가능성을 규정하지 않았고, 삶의 크기 역시 제한하지 않았다. 그날 이후로 나는 확신하게 되었다. 한 사람의 삶을 결정짓는 것은 조건이 아니라, 그 조건을 끌어안고 앞으로 나아가려는 마음의 방향이라는 것을.

무너지고
또 버려내며

장마가 시작되려는지 후텁지근하고 불쾌지수도 꽤 높을 것 같은 날이 연일 이어지고 있었다. 그런 어느 날 뜻밖에도 대전 맹학교에서 연락이 왔다. 시각장애인 초등학생 자녀를 둔 학부모를 대상으로 집단상담을 진행해달라는 요청이었다. 나는 흔쾌히 수락했고, 담당자에게 참가자 모집을 할 때 가능하면 부모가 함께 참여했으면 좋겠다는 말을 덧붙였다.

그렇게 해서 네 아이의 학부모, 모두 여덟 명이 모였다. 그들은 이런 모임이 처음이라고 했다. 가정 환경은 제각각 달랐지만, 모두 공통된 마음의 고통을 안고 살아가고 있었다. 그들의 자녀는 선천적으로 혹은 아주 어릴 때 시력을 잃었다.

한 연구에 따르면, 사람이 일생에서 가장 고통스러운 일이 무엇이냐는 질문에 서양권 나라에서는 배우자의 사망을, 우리나라를 비롯한 동양권 나라에서는 자녀의 사망을 꼽았다고 한다. 그리고 두 번째로 고통스러운 일로는 동서양 모두 '당사자가 평생 장애를 안고 살아가는 것'을 들었다. 그만큼 장애인으로 평생을 살아간다는 일이 얼마나 견디기 힘든지 여실히 보여주는 결과라고 할 수 있다. 특히 서양권에 비해 우리나라를 포함한 동양권에서는 자녀에 대한 부모의 애착이 상대적으로 강한 편이어서, 이런 일이 자녀에게 닥쳤을 때 부모가 받는 충격은 이루 말할 수 없을 것이다. 어찌할 바를 모르고 혼란에 빠질 수밖에 없다.

유명하다는 병원을 찾아다니며 아이의 치료 가능성을 붙잡으려 한다. 그러나 의사로부터 현대 의학으로는 어쩔 수 없다는 말을 듣게 되면, 병원 치료나 약물에 의존하는 한편 대체의학과 민간요법까지 찾아가며 실낱같은 희망에 매달리게 된다. 시간이 흐를수록 그것이 부질없는 일임을 알면서도, 지푸라기라도 잡는 심정으로 기적을 바라게 되는 것이다. 이런 심정이 더 깊어지면 종교에 과도하게 의지하거나, 때로는 사이비 종교에 빠지기도 한다. '병을 고치겠다'는 맹목적인 목표에만 매달린 채 오히려 가산을 탕진하는 경우도 적지 않다.

이런 행동은 부모가 현실의 문제를 정확히 파악하기보다는, 아이에 대한 죄책감과 두려움, 불안으로부터 벗어나고자 하는 마음이 크게 작용한 결과라고 할 수 있다. 현실을 외면한 채 나타나는 비현실적이고 일시적인 반응인 셈이다. 이때 부모의 성격과 기질, 교육 수준, 환경적 요인 등에 따라 장애를 받아들이는 기간은 사람마다 달라질 수 있다.

또한 이들은 우리 사회가 장애를 바라보는 시선, 즉 차별과 편견에서 비롯된 부정적 인식의 영향을 피하기 어렵다. 시각장애에 대한 부정적 시선과 부모의 내면에 깊이 자리한 죄책감이 결합되면서, 모든 것을 '나에게 닥친 불행과 고통'으로만 받아들이게 되기도 한다. '왜 하필이면 내게 이런 일이…!'라는 생각은 마음속에 분노로 자리 잡는다.

자신이 통제할 수 없고 되돌릴 수도 없는 불가항력적 상황에서, 사람은 원망과 분노를 쏟아낼 대상을 찾게 된다. 그러나 마땅히 향할 곳이 없는 분노는 결국 울분이 되어 마음속에 쌓인다. 현실을 직시하지 못한 채 원망의 대상을 찾아 헤매다가, 시간이 흐르면서 주변인들에게 공격적인 말투나 행동을 보이기도 하고, 그로 인해 주변 사람들을 당황하게 만들기도 한다.

이런 상태가 오래 지속되면 알코올, 약물, 게임 등에 빠지며 서서히 중독으로 이어지기도 한다. 때로는 이런 2차적 문제로 인해 가정이 해체되기도 한다. 이는 피할 수 없는 불행에서 벗어나고자 현실을 외면하거나 회피하는 방식으로 나타나는 행동이라고 할 수 있다.

'긴 병에 효자 없다'라는 말이 있다. 이 말이 보여주듯, 평생

장애를 안고 살아간다는 것은 당사자뿐 아니라 그 아이를 바라보는 가족에게도 고통스럽고 불행한 일임이 분명하다. 아직도 많은 장애아 부모는 '아이보다 단 하루라도 더 살아야 한다'는 마음으로, 자신이 살아 있는 동안 끝까지 돌보려는 책임감을 품고 살아간다.

그러나 마음과 현실의 행동이 엇갈리다 보면, 어느 순간 아이의 장애 자체보다도 '내가 건강과 재산을 잃어가고 있다'는 사실을 뒤늦게 깨닫는 때가 온다. 그때는 이미 자신을 도와줄 주변 사람이 없다는 사실까지 자각하게 되기도 한다. 되돌릴 수 없는 시간에 대한 회한, 설움, 원망, 분노가 뒤엉키며 좌절과 상실감이 깊어지고, 위축된 마음은 모든 것이 부질없다는 생각으로 기울어 급기야 자포자기하게 되기도 한다. 아이러니하게도 바로 그 시점에서, 비로소 현실을 어느 정도 직시하게 된다.

하지만 그때부터 또 다른 갈등이 시작된다. 장애를 '힘들고 고통스럽고 불행한 것'이라는 부정적인 생각으로만 바라보면 절망으로 치닫게 되고, 극단적인 선택으로 이어지는 경우도 있다. 우리 사회는 아직도 매스컴을 통해 장애아를 둔 부모가 아이와 함께 극단적 선택을 했다는 비극적인 소식을 접하곤 한다.

반대로, 장애는 되돌릴 수 없고 바꿀 수도 없다는 사실을 받아들이되, 장애인으로서 살아갈 방법을 모색하고 배우고 익히면 사회의 구성원으로 살아갈 수 있다는 낙관적인 시선을 갖는 경우도 있다. 희망의 끈을 놓지 않는다면, 장애아를 바라보는 마음이 이전보다 한결 수월해질 수 있다.

천국과 지옥은 환경 자체의 차이에서만 오는 것이 아니라, 그 환경을 바라보는 사람의 관점에 따라 천국이 지옥이 되기도 하고 지옥이 천국이 되기도 한다. 지옥 같은 현실 속에서도 천국을 바라볼 수 있는 것, 그것이 바로 '희망'이라는 덕목일 것이다.

힘든 현실을 받아들였다고 해도 장애를 가진 아이가 일상생활을 하고 학교를 다니고 사회성을 익히며 성장해갈 길을 찾는 과정을 부모가 곁에서 지켜보고 지지하는 것은 결코 쉬운 일이 아니다. 게다가 여러 문제를 어느 정도 받아들이고 있다 하더라도, 심리적으로 완전히 안정되고 단단해진 상태가 아니기 때문에 자칫 퇴행하거나 어느 단계에 머무는 고착 상태가 나타나기도 한다.

장애아는 우선 장애 유형에 맞는 재활교육을 필수적으로 받아야 한다. 특히 시각장애인은 다른 장애 유형과 달리 점자를 배우고 익히는 과정이 필요하고, 그 과정에서 큰 좌절을 경험하기도 한다. 이렇듯 장애 당사자는 과정 하나하나가 시간과 노력, 그리고 끊임없는 인내를 요구하는 '극복의 단계' 위에 놓이게 된다. 이때 무엇보다 중요한 것이 바로 부모의 지지다. 부모의 따뜻한 지지와 격려는 장애 당사자를 성장시키는 가장 큰 원동력이 된다.

그러므로 부모가 지치지 않고 아이를 사회의 건강한 구성원으로 성장시키기 위해서는 부모 자신도 끊임없이 노력해야 한다. 이런 상황에서 특히 중요한 것이 있다면 아이에게 부모가 가능한 한 즐겁고 행복한 모습을 보여주는 것이다. 힘든 상황에서도 웃을 수 있는 낙관적인 태도를 유지하는 것, 그 자체가 아이에게는 가장 큰 힘이 될 수 있다.

대전맹학교에서 만난 부모들과의 집단상담은 나에게도 다시한번 마음의 중심을 점검하게 한 시간이었다. 그들은 모두 각자의 방식으로 무너지고 또 버텨내며 아이와 함께 하루하루를 살아가고 있었다. 나는 그 시간 동안 해답을 주기보다 서로의 이야기를 안전하게 내려놓을 수 있는 자리를 마련하고 싶었다.

상담이 끝나갈 즈음 누군가가 "오늘 처음으로 숨을 제대로 쉰 것 같아요."라고 말했다. 그 한마디가 오래 마음에 남았다. 진심을 담은 이야기를 나누고 들어주던 그 시간은 내게, 희망이란 멀리 있는 것이 아니라 함께하는 순간 속에 있다는 사실을 다시 알게 해주었다.

KBS 라디오를
진행하라고요?

2024년 10월, 한국시각장애인여성연합회 중앙회에서 강의 의뢰가 왔다. 나는 평소처럼 준비한 원고를 들고 그들 앞에 서서 강의를 한 뒤 자리에 앉았다. 그들이 나와 같은 여성이고, 또 시각장애를 가지고 있다는 점 때문이었는지 더 마음이 쓰였다.

지난 8월에도 강의를 했던 터라 이미 익숙한 사람들도 몇 명 있었다. 뜻밖에도 그곳에는 몇 해 전 제주 올레길 걷기 워크숍에 참여했던 사람들도 있어 서로 알아보고 반가워하며 인사를 나눴다. 우리 같은 시각장애인들은 누군가가 먼저 상대의 목소리를 듣고 "혹시 ○○○ 씨 아니세요?" 하고 알아봐줘야 인사를 할 수 있다. 목소리를 들려주지 않으면 바로 옆에 앉아 있어도 상대가 누구인지 알 길이 없으니 말이다.

강의를 마치고는 '한궁'을 한다고 했다. 나도 그저 말로만 들어 봤을 뿐 한 번도 해본 적이 없는 게임이라 궁금했는데, 마침내게도 투구 기회가 주어졌다. 한궁은 자석이 붙은 작은 화살촉 같은 것을 양궁 과녁과 비슷한 판에 던지는 게임이다. 동그란 원의 중심에 가까울수록 높은 점수를 얻고, 중심에서 멀어질수록 낮은 점수를 받는다. 한 사람당 총 열 번의 기회가 주어지며, 점수를 합산해 순위를 정하는 방식이었다. 생각처럼 과녁을 맞히기는 쉽지 않았지만, 장애인이나 노인들, 그리고 어린이들도 즐겁고 비교적 손쉽게 할 수 있는 운동이라는 생각이 들었다.

본 게임이 시작되어 나는 자리에 앉으려고 이동하고 있었는데, 누군가가 나를 불렀다. 그녀는 KBS 3라디오의 작가라고 자신을 소개하며 내게 인터뷰를 하고 싶다고 했다. 나는 흔쾌히 응했고, 조용한 장소를 찾아 인터뷰를 시작했다. 오늘 행사에 대한 내 소감과 내가 어떤 일을 하는지 물었고, 내가 좋아하는 노래도 두어 곡 알려 달라고 했다.

짧은 인터뷰를 마치고 나는 그녀를 잊고 있었다. 열흘쯤 지났을까, 뜻밖에도 그녀에게서 전화가 걸려왔다. 이듬해인 2025년 1월부터 KBS 3라디오에서 진행하는 프로그램에 시각장애인들을 위한 심리상담 코너의 패널로 1년 동안 출연해달라는 제안이었다. 나는 너무 놀라 선뜻 답하기가 어려웠다. 솔직히 그런 방송이 있는지도 모르고 있던 내게 뜻밖의 제안이었기 때문이다. 놀라기도 했지만 KBS라고 하면 우리나라에서 공신력이 있는 방송이라는 생각이 들어 순간 기쁘기도 했다. 동시에 그만큼 부담감이 밀려왔다.

녹음을 하기 위해 매번 서울 여의도의 KBS 본사까지 가야 했다. 그것도 오전 9시 녹음이어서 대전에서 서울까지 이동하려면 적어도 7시에 출발하는 열차를 타야했다. 집에서 장애인콜택시를 타고 이동하는 시간까지 생각해보니 대충 6시에는 집을 나서야했다. 여러 걱정들이 끝도 없이 떠올라 고민이 되었지만 며칠 뒤 그녀와 통화를 하면서 결국 나의 입은 기꺼이 해보겠다고 말하고 있었다.

나의
첫 번째 스승

많은 사람들이 내게 자주 묻는 것이 있다. 바로 지칠 줄 모르는 열정이다. 어떻게 그렇게 매번 끊임없이 도전할 수 있느냐는 것이다. 몇몇 사람에게 그런 말을 들었을 때는 그저 덕담이려니 생각했다. 그런데 어느 순간부터는 나 스스로에게도 "왜?"라는 질문을 던지게 되었다.

2010년 재활교육을 시작한 뒤로, 앞서 말한 것처럼 공무원 시험 공부를 시작으로 사회복지, 상담심리, 교육학 등 끊임없이 공부만 해온 것 같다. 생각해보니 취득한 학위만 해도 여섯 개가 되었다. 어떻게 보면 시각장애인으로 다시 살겠다고 마음먹은 그 출발점부터, 새 인생을 살기 위해 반드시 필요한 것이 공부였던 셈이다. 그렇게 생각해보니 배워야 할 것들이 너무도 많았다.

사실 학위를 취득하거나 자격증을 따기 위한 공부도 공부였지만, 그것을 가능하게 하기 위해 점자와 컴퓨터, 각종 정보화 기기들을 원활하게 다룰 줄 아는 것 역시 또 하나의 공부였다. 잠자는 시간을 제외하고는 잠시도 쉴 틈 없이 움직였다. 외로움을 느낄 만한 시간조차 거의 없었다.

나는 집안일도 대부분 혼자서 해내는 편이다. 사회 활동이 점점 많아지다 보니 나는 스스로를 밖에 나가면 '바깥양반', 집에 들어오면 '안사람'이라고 부르곤 한다. 이런 나를 좋게 말하면 부지런하고 성실하며 자기 관리를 잘하는 사람이라고 할 수 있을 것이다. 하지만 주변에서 보기에는 다소 까다로운 사람으로 비칠 수도 있겠다.

이런 나의 행동은 어릴 적부터 몸에 밴 습관이 자연스럽게 드러난 것일지도 모른다. 이제는 눈에 보이는 것도 없고, 나이도 먹을 만큼 먹었다 보니 세상에 두려울 것이 별로 없다.

하지만 딱 한 사람, 여전히 두려운 사람이 있다. 바로 엄마다. 엄마를 떠올리면 슬픔에 흐르던 눈물도 쏙 들어갈 만큼 무섭다. 엄마는 내가 어릴 적부터 동생들에게 본보기가 되는 언니가 되길 바라셨다.

"네가 잘해야 동생들도 잘한다."

이 말씀을 늘 입에 달고 사셨다. 그러면서 엄마는 요리를 하실 때뿐만 아니라 집안일을 하실 때마다 곁에서 지켜보는 것도 배움이라며 하나하나 설명해주셨다. 채소와 생선, 고기를 다루는 방법부터 요리의 전 과정까지 차근차근 알려주셨다. 김치를 담그는 일도 마찬가지였다. 계절에 따라 재료를 달리해야 하고, 담그는 방법도 달라진다고 하셨다.

계절이 바뀔 때마다 엄마는 절기에 맞춰 옷을 꺼내 손질하셨다. 한여름이면 엄마가 입고 다니시던 모시 한복이 잠자리 날개처럼 예뻐 보였다. 그 모습을 보며 나도 언젠가 나이가 들면 꼭 모시 한복을 만들어 입고 다니겠다고 다짐했었다.

그리고 서른이 되었던 해, 한여름에 맞은 내 생일에 엄마는 생일 선물로 모시 개량 한복을 만들어주셨다. 그 옷을 입기 위해서는 옷에 풀을 먹여 말리고, 보자기에 싸서 꼭꼭 밟아가며 다림질하는 손질 방법까지 배워야 했다. 나중에 내가 직접 손질해 입고 나가면 사람들은 꼭 누가 이렇게 손질해줬는지 물었고, 내가 직접 했다고 말하면 아무도 믿지 않았다.

침대 커버 대신 빳빳하게 풀을 먹여 다린 옥양목 요도 내 손으로 직접 꿰맸다. 까슬까슬하고 바사삭거리고 고슬고슬한 그 감촉이 참 좋았다. 그 요 위에 누우면 아무리 더운 여름이라도 이불이 몸에 달라붙지 않았다.

엄격하고 철저했던 엄마의 이런 교육 덕분인지, 계절이 바뀔 때마다 그 시기에 무엇을 해야 하는지 자연스럽게 알게 되었다. 돌이켜보면 사람들이 말하는 나의 '열정'은 타고난 성격이나 특

별한 의지에서 나온 것이 아니었는지도 모른다. 그것은 어릴 적
부터 엄마 곁에서 보고, 듣고, 따라 하며 몸에 밴 삶의 태도였다.
해야 할 일을 미루지 않고, 배워야 할 것은 끝까지 배우며, 주어
진 하루를 성실하게 살아내는 것. 나를 쉬지 않게 만든 힘은 바
로 그렇게 길러진 습관이었고, 엄마에게서 배운 삶을 대하는 자
세였다.

　엄마는 내게 훌륭하고 존경받을 만한 스승이었고, 나는 한없
이 부족한 제자였다.

오늘도 여전히
눈앞은 깜깜하지만

나는 여름이 좋다. 여름에는 해가 길어 오전 5시만 넘어도 창문 너머로 밝은 햇살이 방 안으로 스며든다. 눈으로 볼 수는 없지만 따스한 빛이 살결을 어루만질 때면 나는 그 햇살을 마음으로 느낀다. 마치 오늘도 나를 반겨주는 듯, 세상이 먼저 손 내밀어주는 기분이다.

오전 7시, 교통약자 이동지원 서비스 차량, 일명 '장애인콜택시'를 타고 사무실로 향하기 위해 집을 나선다. 그러기 위해서는 꼭 오전 6시 이전에 콜센터에 전화를 걸어 예약을 해야한다. 사무실에 도착하면 보통 7시 30분이 되기 조금 전이다. 전날 밤만 해도 자동차들이 뒤엉켜 소란스럽고, 담배 연기와 고기 굽는 냄새, 사람들의 웃고 떠드는 소리로 가득했을 그 골목이 새벽에는 놀라울 만큼 조용하고 평화롭다.

사무실 문을 열고 들어서면 제일 먼저 커피포트에 물을 올린다. 컴퓨터를 켜고, 따뜻한 커피 한잔을 들고 책상 앞에 앉는다.

하루의 시작은 늘 이렇듯 작고 단정한 의식으로 시작된다. 메일을 확인하고, 일정표를 펼쳐 오늘의 할 일을 하나씩 점검한다.

일주일에 서너 번은 외부 강의가 있다. 강의에서 다룰 만한 자료를 찾기 위해 유튜브와 뉴스도 살펴본다. 강의 대상은 활동지원사, 근로 지원인, 기업체 직원, 중고등학생, 대학생 등 참으로 다양하다. 강의 요청이 있는 곳이라면 나는 서울이든, 부산이든, 다른 먼 지방이라도 주저 없이 달려간다.

그 여정은 내게 여행이고, 말할 수 있는 기쁨이며, 소득이기도 하다. 말하자면 일석삼조인 셈이다. 주제는 대개 의사소통, 장애 이해, 심리상담에 관한 이야기들이다. 같은 주제라도 청중이 누구인지에 따라 말투와 어휘는 자연스럽게 달라진다. 누군가의 마음에 닿기 위해 나는 언제나 말에 새로운 옷을 입힌다.

나는 김현영심리상담연구소를 운영하고 있다. 어쩌면 눈이 보이지 않는 나는 내담자의 이야기에 더 깊이 귀 기울일 수 있고, 진심으로 비밀을 지킬 수 있는 사람일지도 모르겠다. 그들의 마음속 풍경을 나는 마음의 눈으로 바라본다.

상담심리를 공부하며 사람을 진심으로 존중한다는 것은 누군가의 이야기를 고요히 듣고, 그의 세계를 있는 그대로 받아들이는 것임을 깨달았다. 나를 찾아오는 사람들은 그저 한 사람이 아니다. 그들은 각자의 삶을 통째로 안고 나에게로 온다. 그들은 하나의 역사이며, 한 권의 책이다. 그 이야기들을 듣고 품을 수 있다는 것. 그것이 지금의 나를 살아가게 하는 이유다.

하루 일정을 마친 뒤에는 KBS 3라디오에서 방송 중인 시각장애인 심리상담 코너의 원고를 쓴다. 라디오는 매주 토요일에 방송되지만 제작진들의 배려로 나는 격주 수요일마다 서울 여의도의 KBS 본관에서 녹음하고 있다. 2025년 1월에 이 프로그램을 맡기 시작했는데 어느덧 12월을 지나고 있다. 라디오 진행은 내게 새롭고 뜻깊은 도전이었다.

사연을 찾기 위해 시각장애인 전용 온라인 사이트에 글을 올리고, 메일과 전화로 들어오는 사연을 하나하나 살핀다. 직접 만난 이들의 이야기도, 내 기억 속에 남아 있는 수많은 사람들의 목소리도 모두 소중하게 다루어야 할 소재들이다. 물론 방송에선 개인 정보는 드러나지 않도록 각색한다. 20분 분량의 방송용 사연을 만들고, 그 안에 따뜻한 위로와 필요한 정보를 제공하고, 진심 어린 공감을 담는 일은 결코 쉽지 않다.

첫 녹음을 하던 날에는 몹시 긴장했었다. 혀가 자꾸 꼬이고, 침이 바짝 말랐다. 진행자는 첫 방송인데 정말 잘했다고 말했지만, 나는 그것이 긴장한 사람에게 해준 입에 발린 소리라는 것을 잘 알고 있었다. 하지만 작가와 PD, 진행자의 다정한 격려와 배려 덕분에 이제는 녹음실이 편안한 공간이 되었다. 가끔은 원고에도 없던 이야기를 진행자와 주고받으며 웃기도 한다.

진행자 역시 나와 같은 망막색소변성증으로 일찍이 시각장애인이 되었다. 그는 방송 경력만 해도 벌써 18년째라고 했다. 프로그램을 진행하는 과정에서 확실히 프로다운 면모가 엿보였다. 중간중간 주제가 바뀌거나 출연자가 바뀔 때마다 그 빈틈을 음악이 채워준다. 그때 진행자와 나는 잠깐 사적인 대화를 나누기도 한다. 같은 장애를 가졌다는 것에 강렬하게 공감하면서.

벌써 1년 가까이 방송을 하면서, 방송을 할 때마다 만나는 출연자들과의 대화나 내용도 내게는 빼놓을 수 없는 삶의 쏠쏠한 재미가 되었다. 첫 녹음 날의 긴장과 떨림은 온데간데없고 이제 라디오 진행은 내게 즐겁고 기다려지는 일이 되어 있었다.

이렇게 나의 하루와 일은 늘 사람의 이야기로 시작해 사람의 이야기로 끝난다. 보이지 않는 대신 나는 더 많이 듣고, 더 오래 머물며, 더 깊이 공감하는 법을 배웠다. 상담실에서든 강의실에서든, 라디오 스튜디오에서든, 내가 하는 일은 결국 누군가의 삶에 잠시 곁을 내어주는 일이다. 그 과정 속에서 나는 내가 가진 조건이 한계가 아니라 나만의 방식이 될 수 있다는 사실을 조금씩 확신하게 되었다. 오늘도 여전히 눈앞은 깜깜하지만, 적어도 내가 어디를 향해 가고 있는지는 분명히 알고 있다.

살아라, 오늘이
마지막인 것처럼

장애가 급격히 진행되면서 세상과 단절하고 집안에서 은둔 생활을 하며 절망 가운데서 극단적인 선택을 시도한 적도 있었다. 만일 그때 나에게 세상 밖으로 나갈 수 있는 심리적 지지와 사회적 기반이 있었다면 더 일찍 더 나은 삶과 희망적인 삶을 이어나갈 수 있지 않았을까?

시각장애인이 되고 세상에 나와보니 많은 장애인들이 나와 같은 절망과 시련의 과정을 겪었다는 것을 알게 되었다. 선천적 장애인들과는 달리 후천적 장애인들은 특히 일상생활이나 사회 적응에 많은 어려움을 가질 수밖에 없다. 이들이 겪는 더 큰 문제는 과거에 누리던 환경적 배경, 즉 인간관계, 사회적 직위, 경제력, 사회참여 기회 등에 대한 가치 및 자존감을 잃게 되어 상실감보다 사회와의 대등한 인격교류의 통로를 잃은 소외감이 상대적으로 더 커진다는 것이다.

이처럼 후천적으로 장애를 가지게 된다는 것은 심리·사회·문화·경제적 측면에서 전인격적인 상실과 변화를 동반할 수밖에 없다. 그러므로 장애 초기 단계에서 적절한 의료적 치료와 함께 심리적 치료가 병행되어야 함에도 불구하고, 현재 우리나라는 심리적 치료보다는 의료적 치료에 더 큰 비중을 두고 있는 것이 현실이다.

심리치료를 간과하거나 제대로 받지 못한 채로 오랜 시간이 지나 자신의 장애를 수용하는 단계가 길어지고 고착화되면 자존감을 회복하기가 어려워진다. 또한 시간이 지남에 따라 신체적 기능이 떨어지고 감각기능도 현저히 둔감해질 수밖에 없다.

결국 심리적으로도 더욱 위축되고 매사에 두려움과 불안감, 심지어는 공포감마저 갖게 되며, 매사에 타인에게 의존적인 삶을 살거나 무력감에 빠지기도 한다. 이러한 역기능적인 악순환은 신체장애에서 서서히 정신장애로 진행되기도 한다.

이런 이유로 상담심리학을 공부하게 되었다. 장애인들에게 적절한 시기에 적절한 방법으로 심리적·사회적 지지를 제공하는 것이야말로 매우 중요하다. 이렇게 할 수 있다면 개인은 물론 사회적으로도 큰 손실을 막을 수 있을 것이다.

이러한 관점에서 볼 때, 이제 우리나라에도 장애인을 위한 전문 심리치유센터가 절실히 필요하다. 이는 선천적 장애인과 후천적 장애인 모두에게 심리적인 안정감을 심어주고 삶에 대한 건강한 의지를 다질 수 있도록 하는 데 큰 도움을 줄 것이다.

이제는 사회와 국가 차원에서 이들을 수용하고 포용하며 장애인은 더 이상 불편한 존재가 아니라 함께 살아가는 존재라는 인식을 가져야 한다. 또한 장애인들이 자신의 장애를 온전하게 수용하고 자립할 수 있도록 단계적이고 체계적이며 전문적인 심리적 지원 시스템을 국가 차원에서 구축하고 발전시켜나가야 한다.

나는 상담심리학을 배우면서 인간에 대한 진정한 존중과 배려가 무엇인지를 알게 되었다. 인간은 누구나 존엄한 가치를 지니고 있다. 내가 제안하는 장애인 심리치유센터는 인간 존중의 정신을 실천하고 이를 통해 장애인들이 건전한 시민 사회의 책임 있는 구성원으로 삶을 영위할 수 있도록 하는데 큰 기여를 할 것이라고 확신한다.

별 볼 일 없는 한 사람의 이야기를 끝까지 읽어준 모든 독자분들께 감사를 전한다. 나의 이야기가 여러분에게 어떤 식으로든 가닿았기를 바란다. 내가 가장 좋아하는 시를 소개하며 이 책을 마친다.

노래하라, 아무도 듣고 있지 않는 것처럼.

춤춰라, 아무도 보고 있지 않는 것처럼.

사랑하라, 한번도 상처 받지 않은 것처럼.

일하라, 돈이 필요 없는 것처럼.

살아라, 오늘이 마지막인 것처럼.

— 알프레드 더수자Alfred D'Souza

얘, 나는 낮에도 깜깜한데?

초판 1쇄 인쇄   2026년 1월 1일
초판 1쇄 발행   2026년 1월 20일

지은이   김현영
발행인   정수동
편집주간   이남경
편집   김유진
표지디자인   Yozoh Studio Mongsangso

발행처   저녁달
출판등록   2017년 1월 17일 제406-2017-000009호
주소   경기도 파주시 문발로 203, 203호
전화   02-599-0625
팩스   02-6442-4625
이메일   book@mongsangso.com
인스타그램   @eveningmoon_book
유튜브   몽상소

ISBN   979-11-89217-90-7   03810